Œuvres & thèmes

Collection dirigée par Hélène Potelet et Georges Décote

Sophocle • Anouilh • Cocteau

Antigone et le mythe d'Œdipe

classiques Hatier

ISBN 978-2-218-95917-2
ISSN 0184 0851

Ariane Carrère,
certifiée de lettres modernes

Hatier

L'air du temps

Dans l'Antiquité

- Le siècle de Périclès : au Ve siècle av. J.-C., Périclès domine la vie politique athénienne. Athènes connaît alors un grand essor intellectuel et artistique.
- Le sculpteur Phidias supervise la reconstruction de l'Acropole.
- Les tragédies grecques sont liées au culte de Dionysos et jouées lors des fêtes données en l'honneur de ce dieu, en janvier et mars.
- Eschyle, auteur tragique, compose *Les Perses* en – 472 et *Les Sept contre Thèbes* en – 467.
- *Antigone* de Sophocle est représentée en – 440, *Œdipe-Roi* vers – 421.
- Euripide, auteur tragique, écrit *Médée* en – 431 et *Les Troyennes* en – 415.

Au XXe siècle

- Au cours du XXe siècle, des écrivains se tournent vers les mythes antiques pour traduire les angoisses d'une génération marquée par la guerre.
- Jean Cocteau fait jouer en 1934 *La Machine infernale* inspirée d'*Œdipe-Roi* de Sophocle.
- Dans *La Guerre de Troie n'aura pas lieu* (1935), Jean Giraudoux évoque la menace d'une Seconde Guerre mondiale.
- Jean Anouilh s'inspire d'un fait de Résistance pour écrire *Antigone* en 1942.

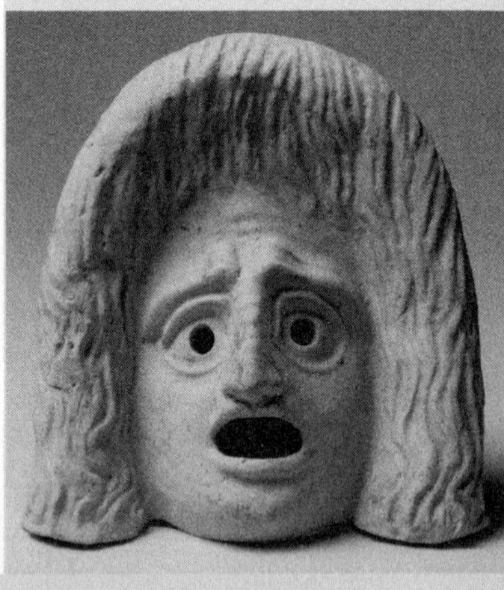

Masque de tragédie, IIe- Ier siècle av. J.-C., terre cuite, Paris, Musée du Louvre.

Sommaire

Repères littéraires

Antigone et le mythe d'Œdipe

La généalogie des Labdacides

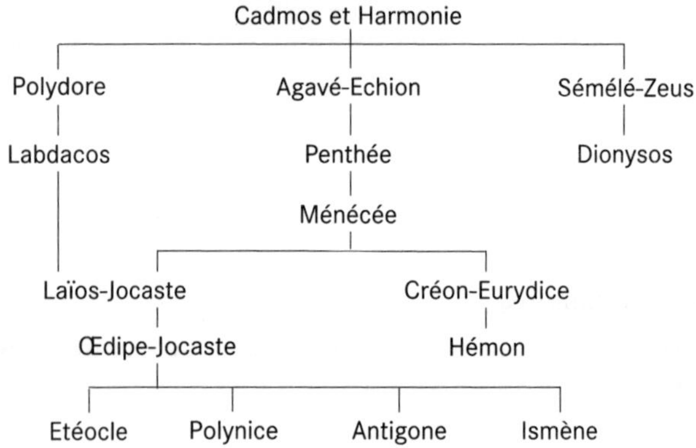

L'origine de la malédiction des Labdacides

Le nom de Labdacides vient de Labdacos, l'un des petits-fils de Cadmos, fondateur de la cité de Thèbes. **Labdacos est le grand-père d'Œdipe, lui-même père d'Antigone.**

À la mort de Labdacos, Laïos, son fils, est trop jeune pour régner. C'est donc Lycos qui assure la régence jusqu'à sa majorité. Mais Lycos est un jour tué par les jumeaux Amphion et Zéthos qu'il avait maltraités lorsqu'ils étaient enfants. Ils prennent le pouvoir à Thèbes. Laïos alors devenu adulte, doit fuir la cité. Il trouve refuge chez le roi Pélops mais, contre toutes les lois de l'hospitalité, il enlève Chrysoppos, le fils de Pélops. **Cet enlèvement provoque la colère des dieux**, notamment d'Apollon et Héra **qui frappent de malédiction Laïos et ses descendants**.

La jeunesse d'Œdipe

Laïos devient roi de Thèbes après la mort d'Amphion et Zéthos et il épouse Jocaste mais **l'oracle de Delphes leur prédit que leur fils,**

s'ils en ont un, **tuera son père et épousera sa mère,** causant ainsi la perte du royaume. Aussi lorsque Jocaste donne naissance à un fils, Laïos décide de l'abandonner dans la montagne, après lui avoir percé les pieds afin de les attacher. Trouvé par un berger, il est recueilli par Polybe et Mérope, roi et reine de Corinthe, qui le prénomment Œdipe (« pieds enflés »). Devenu adulte, Œdipe consulte à son tour l'oracle qui lui fait la même prédiction que celle faite par le passé à Laïos et Jocaste. Le jeune homme quitte alors Corinthe pour s'éloigner de ceux qu'il pense être ses parents et échapper ainsi à son destin.
Sur la route, il croise à un carrefour un voyageur qui refuse de lui céder le passage ; une dispute éclate et **Œdipe tue l'homme qui n'est autre que Laïos, son véritable père.**

Œdipe et le Sphinx

Peu après, sur le chemin de Thèbes, **Œdipe rencontre le Sphinx,** une créature fantastique avec un corps de lion, un buste de femme et des ailes d'oiseau qui terrorise Thèbes et la Béotie. Installé aux abords de la ville, le Sphinx dévore tous ceux qui ne peuvent résoudre l'énigme qu'il leur propose : quel est l'animal qui marche le matin sur quatre pattes, à midi sur deux pattes et le soir sur trois pattes.

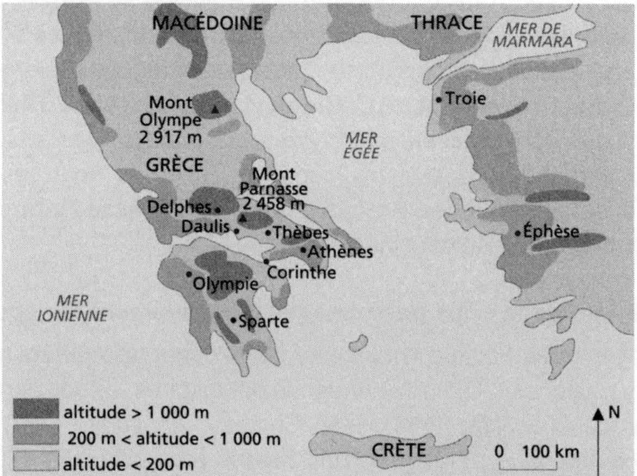

Carte de la Grèce antique.

Créon, régent de Thèbes depuis la mort de Laïos, a promis la couronne et la main de Jocaste devenue veuve à celui qui débarrassera la cité du monstre.
Le Sphinx pose son énigme à Œdipe. Celui-ci répond qu'il s'agit de l'homme. Vaincu, le Sphinx se jette dans un précipice et Œdipe est accueilli en héros à Thèbes.

Œdipe Roi

Œdipe devient roi de la cité et épouse Jocaste, sa véritable mère, réalisant ainsi la prédiction. De ce mariage naissent deux garçons, Etéocle et Polynice, et deux filles, Antigone et Ismène. Plus tard, les dieux envoient la peste sur Thèbes et l'oracle annonce que celle-ci ne cessera que lorsque l'assassin de Laïos aura été retrouvé. Œdipe finit par découvrir que c'est lui qui a tué Laïos, son père, et épousé sa mère. Jocaste se pend. **Œdipe se crève les yeux et s'enfuit de Thèbes, guidé par Antigone**. Mais la malédiction se poursuit.

Antigone

Après la fuite d'Œdipe, Etéocle et Polynice décident de régner un an chacun. Mais à la fin de la première année, Etéocle refuse de laisser le pouvoir à son frère qui doit s'enfuir. Polynice se réfugie alors à Argos, épouse la fille du roi Adraste et marche sur Thèbes à la tête d'une armée. Les Thébains sortent vainqueurs de cette guerre mais les deux frères s'entretuent. **Créon devient alors roi de Thèbes et interdit que l'on ensevelisse Polynice**, coupable d'avoir attaqué sa propre patrie, tandis que les honneurs funèbres sont rendus à Étéocle, héros de Thèbes. **Antigone qui a transgressé l'interdiction de son oncle, est condamnée à mort.**

Œdipe, Antigone : des personnages qui traversent les époques

D'Eschyle et Sophocle à Anouilh, nombreux sont les auteurs que les destins tragiques d'Œdipe et Antigone ont inspirés. Citons parmi eux Racine (*La Thébaïde*, 1664), Jean Cocteau (*Antigone*, 1922, et *La Machine infernale*, 1932), Bertolt Brecht (*Antigone*, 1948), Henri Bauchau (*Antigone*, 1997).

Anouilh • Sophocle

Antigone

William Henry Rinehart (1825-1874), *Antigone versant une libation sur le cadavre de son frère Polynice*, 1870, marbre, ht : 1,78 m, New York, Metropolitan Museum of Art.

Biographie

Jean Anouilh

Jean Anouilh en 1953.

Jean Anouilh est né à Bordeaux le 23 juin 1910 et est mort à Lausanne le 3 octobre 1987. Sa famille s'installe plus tard à Paris où il poursuit ses études. Après avoir abandonné le droit, il exerce plusieurs métiers puis devient secrétaire de Louis Jouvet qui dirige à l'époque la Comédie des Champs Élysées. Il connaît son premier succès avec L'Hermine *(1932). Suivent* Le Voyageur sans bagage *(1937) et* La Sauvage *(1938).*

Anouilh a lui-même classé ses œuvres par séries, en commençant par les « Pièces roses » (des comédies comme Le Bal des voleurs, *1938) et les « Pièces noires », plus graves, qui s'inspirent parfois des mythes antiques comme* Antigone *(1944).*

Après la guerre il écrit des « Pièces brillantes » comme Colombe *(1951), des « Pièces grinçantes » (*La Valse des toréadors, *1951) et des « Pièces costumées » où des personnages historiques se sacrifient au nom du devoir (*Becket ou l'Honneur de Dieu, *1959).*

Le dramaturge écrit jusque dans les dernières années de sa vie, met aussi en scène ses œuvres comme celles d'autres auteurs, Molière et Shakespeare entre autres.

Parmi les thèmes traités par Anouilh, on trouve le refus d'un monde fondé sur l'hypocrisie et le mensonge, le désir d'absolu et la nostalgie de l'enfance.

Antigone *est régulièrement jouée depuis 1944, et avec succès car les thèmes abordés par Anouilh sont toujours d'actualité. L'une des dernières mises en scène est celle de Nicolas Briançon en 2003, avec Robert Hossein (Créon) et Barbara Schultz (Antigone).*

Antigone de J. Anouilh – Le Prologue

« Ces personnages vont vous jouer l'histoire d'Antigone... »

Un décor neutre. Trois portes semblables. Au lever du rideau, tous les personnages sont en scène. Ils bavardent, tricotent, jouent aux cartes.
Le Prologue se détache et s'avance.

LE PROLOGUE. – Voilà. Ces personnages vont vous jouer l'histoire d'Antigone. Antigone, c'est la petite maigre qui est assise là-bas, et qui ne dit rien. Elle regarde droit devant elle. Elle pense. Elle pense qu'elle va être Antigone tout à l'heure, qu'elle va surgir soudain de la maigre jeune fille noiraude[1] et renfermée que personne ne prenait au sérieux dans la famille et se dresser seule en face du monde, seule en face de Créon, son oncle, qui est le roi. Elle pense qu'elle va mourir, qu'elle est jeune et qu'elle aussi, elle aurait bien aimé vivre. Mais il n'y a rien à faire. Elle s'appelle Antigone et il va falloir qu'elle joue son rôle jusqu'au bout... Et, depuis que ce rideau s'est levé, elle sent qu'elle s'éloigne à une vitesse vertigineuse de sa sœur Ismène, qui bavarde et rit avec un jeune homme, de nous tous, qui sommes là bien tranquilles à la regarder, de nous qui n'avons pas à mourir ce soir.

Le jeune homme avec qui parle la blonde, la belle, l'heureuse Ismène, c'est Hémon, le fils de Créon. Il est le fiancé d'Antigone. Tout le portait vers Ismène : son goût de la danse et des jeux, son goût du bonheur et de la réussite, sa sensualité aussi, car Ismène est bien plus belle qu'Antigone, et puis un soir, un soir de bal où

1. Qui a les cheveux noirs et le teint foncé.

il n'avait dansé qu'avec Ismène, un soir où Ismène avait été éblouissante dans sa nouvelle robe, il a été trouver Antigone qui rêvait dans un coin, comme en ce moment, ses bras entourant ses genoux, et il lui a demandé d'être sa femme. Personne n'a jamais compris pourquoi. Antigone a levé sans étonnement ses yeux graves sur lui et elle lui a dit « oui » avec un petit sourire triste… L'orchestre attaquait une nouvelle danse, Ismène riait aux éclats, là-bas, au milieu des autres garçons, et voilà, maintenant, lui, il allait être le mari d'Antigone. Il ne savait pas qu'il ne devait jamais exister de mari d'Antigone sur cette terre et que ce titre princier lui donnait seulement le droit de mourir.

Cet homme robuste, aux cheveux blancs, qui médite là, près de son page, c'est Créon. C'est le roi. Il a des rides, il est fatigué. Il joue au jeu difficile de conduire les hommes. Avant, du temps d'Œdipe, quand il n'était que le premier personnage de la cour, il aimait la musique, les belles reliures, les longues flâneries chez les petits antiquaires de Thèbes. Mais Œdipe et ses fils sont morts. Il a laissé ses livres, ses objets, il a retroussé ses manches et il a pris leur place.

Quelquefois, le soir, il est fatigué, et il se demande s'il n'est pas vain de conduire les hommes. Si cela n'est pas un office[2] sordide qu'on doit laisser à d'autres, plus frustes… Et puis, au matin, des problèmes précis se posent, qu'il faut résoudre, et il se lève, tranquille, comme un ouvrier au seuil de sa journée.

La vieille dame qui tricote, à côté de la nourrice qui a élevé les deux petites, c'est Eurydice, la femme de Créon. Elle tricotera pendant toute la tragédie jusqu'à ce que son tour vienne de se lever et de mourir. Elle est bonne, digne, aimante. Elle ne lui est d'aucun secours. Créon est seul. Seul avec son petit page qui est trop petit et qui ne peut rien non plus pour lui.

2. Fonction, charge.

Ce garçon pâle, là-bas, au fond, qui rêve, adossé au mur, solitaire, c'est le Messager. C'est lui qui viendra annoncer la mort d'Hémon tout à l'heure. C'est pour cela qu'il n'a pas envie de bavarder ni de se mêler aux autres. Il sait déjà…

Enfin les trois hommes rougeauds[3] qui jouent aux cartes, leur chapeau sur la nuque, ce sont les gardes. Ce ne sont pas de mauvais bougres[4], ils ont des femmes, des enfants, et des petits ennuis comme tout le monde, mais ils vous empoigneront les accusés le plus tranquillement du monde tout à l'heure. Ils sentent l'ail, le cuir et le vin rouge et ils sont dépourvus de toute imagination. Ce sont les auxiliaires, toujours innocents et toujours satisfaits d'eux-mêmes, de la justice. Pour le moment, jusqu'à ce qu'un nouveau chef de Thèbes dûment mandaté[5] leur ordonne de l'arrêter à son tour, ce sont les auxiliaires de la justice de Créon.

Et maintenant que vous les connaissez tous, ils vont pouvoir vous jouer leur histoire. Elle commence au moment où les deux fils d'Œdipe, Étéocle et Polynice, qui devaient régner sur Thèbes un an chacun à tour de rôle, se sont battus et entre-tués sous les murs de la ville, Étéocle l'aîné, au terme de la première année de pouvoir, ayant refusé de céder la place à son frère. Sept grands princes étrangers que Polynice avait gagnés à sa cause ont été défaits[6] devant les sept portes de Thèbes. Maintenant la ville est sauvée, les deux frères ennemis sont morts et Créon, le roi, a ordonné qu'à Étéocle, le bon frère, il serait fait d'imposantes funérailles, mais que Polynice, le vaurien, le révolté, le voyou, serait laissé sans pleurs et sans sépulture, la proie des corbeaux et des chacals. Quiconque osera lui rendre les devoirs funèbres sera impitoyablement puni de mort.

Pendant que le Prologue parlait, les personnages sont sortis un à un. Le Prologue disparaît aussi.

3. Qui ont le teint rouge.
4. Individus, types.
5. Investi légalement du pouvoir.
6. Vaincus.

Questions

Repérer et analyser

La mise en scène du théâtre

1 Le Prologue

> La tragédie grecque antique commence par **un prologue** : le chef de chœur expose le sujet et présente les personnages (voir page 37). Dans l'*Antigone* d'Anouilh, le nom de *Prologue* est donné au personnage qui présente les éléments d'exposition.

a. À qui le Prologue s'adresse-t-il lorsqu'il emploie le pronom personnel « vous » (l. 1) ?

b. Que signifie le passage du « vous » au « nous » (l. 13 à 15) ?

2 **a.** Relevez dans les lignes 1 à 15 les expressions qui montrent que l'on est au théâtre.

b. À quel moment de la journée la représentation a-t-elle lieu ?

c. La pièce est-elle véritablement commencée ? Justifiez votre réponse.

3 **a.** Quels personnages sont présents ?

> **Un présentatif** (*c'est*, *voici*, *voilà*, *il y a*...) est un mot ou une expression qui permet de mettre en valeur un élément de la phrase.

b. Quel déterminant et quel présentatif le Prologue utilise-t-il pour désigner les personnages ?

4 Montrez en citant le texte que le Prologue se comporte à la fois comme un narrateur omniscient extérieur à l'action tragique et comme un metteur en scène s'adressant à des acteurs.

5 Quand les personnages quittent-ils la scène ? Et le Prologue ?

Une scène d'exposition

Les personnages

6 **a.** Faites la liste des personnages dans l'ordre de leur présentation.

b. Quel est le premier cité ? Quels sont les derniers ? Pourquoi selon vous ?

c. Précisez les liens de parenté ou les relations qui unissent ces personnages.

d. Relevez sous forme de tableau les termes qui les caractérisent (apparence physique, attitude, situation de chacun au début de la tragédie...).

7 Sur quelles oppositions le portrait des deux sœurs, Antigone et Ismène, repose-t-il ?

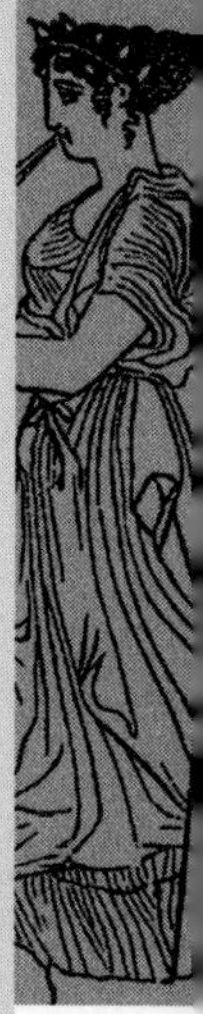

8 L'image donnée du roi Créon (l. 32 à 45) vous semble-t-elle favorable ? Justifiez votre réponse.

Les événements

9 Que s'est-il passé avant que la pièce ne commence ?

10 Pour quelle raison le roi a-t-il ordonné que Polynice soit laissé sans sépulture ?

Une nouvelle forme de tragédie

Anachronismes et niveau de langage

L'anachronisme consiste à situer un événement, un objet, un comportement dans une époque historique qui n'est pas la sienne.

11 **a.** À quelle époque l'action est-elle censée se dérouler ?
b. Relevez quelques exemples d'anachronismes.
c. Quel effet peut produire sur le spectateur la présence d'éléments modernes ?

12 « Ce ne sont pas de mauvais bougres » (l. 57-58) : identifiez le niveau de langage. Est-ce celui auquel vous vous attendez dans une tragédie ?

Le tragique : une mise à mort annoncée

13 Relevez les expressions qui se réfèrent à la mort. Quels personnages vont mourir ?

14 **a.** Citez un ou deux verbes au futur. En quoi le futur revêt-il une dimension tragique ?
b. Relevez des expressions qui montrent que le destin de ces personnages est déjà tracé et que le dénouement est irrémédiable.

15 Pour quelle raison le Prologue raconte-t-il l'histoire avant que la pièce ne commence ?

16 L'intérêt du public en sera-t-il amoindri ? Justifiez votre réponse.

Mettre en scène

Imaginer un décor

17 Vous êtes metteur en scène. Comment imagineriez-vous un décor neutre alliant tragédie antique et monde contemporain ? Rédigez quelques lignes que vous écririez dans votre carnet de mise en scène.

Étudier la langue

Vocabulaire : autour du mot « prologue »

Le mot *logos* signifie en grec « la parole, le discours ». **Le suffixe *-logue/-logie*** sert à former des mots désignant le spécialiste d'une science ou bien un type de discours.

18 Indiquez la spécialité des professions suivantes :

a. dermatologue
b. graphologue
c. ornithologue
d. cardiologue
e. psychologue
f. rhumatologue
g. spéléologue
h. ophtalmologue
i. neurologue
j. pneumologue
k. psychologue
l. stomatologue

19 Qu'est-ce qu'un dialogue ? Un monologue ? Un prologue ? Un épilogue ? Un apologue ? Un catalogue ?

Se documenter

Les rites funéraires de la Grèce antique

20 Dans la Grèce antique, on ne doit pas laisser les morts sans sépulture sinon leurs âmes, transformées en fantômes, tourmentent les vivants. Quand on n'a pas été enseveli, on n'est plus un vivant, et on n'est pas encore un mort, on est condamné à errer entre les vivants et les morts. Ne pas être enseveli pour un Grec est d'une gravité extrême. La cité elle-même peut en être souillée.

Pour ensevelir un mort, il suffit de verser un peu de poussière sur son corps. L'inhumation se fait dans un tombeau souterrain ou aérien ; le corps est parfois incinéré sur un bûcher ; les cendres et ossements sont alors recueillis dans une urne en métal ou un vase d'argile destiné à être enseveli.

On place dans la tombe tout un mobilier funéraire et on met une pièce dans la bouche du défunt pour payer le passeur Charon. On dresse une stèle ou un vase de marbre sur le tertre funéraire portant le nom du disparu et une formule de salutation.

Antigone de J. Anouilh – Antigone et Ismène

« Tu sais, j'ai bien pensé, Antigone… »

Antigone est sortie en cachette en pleine nuit ; à son retour au palais au petit matin, elle rencontre la nourrice qui, inquiète, l'attendait et lui reproche d'être allée à un rendez-vous d'amour alors qu'elle est fiancée avec Hémon. Antigone la rassure quand Ismène, sa sœur, surgit à son tour. La nourrice sort pour aller préparer du café.

ISMÈNE. – Tu sais, j'ai bien pensé, Antigone.

ANTIGONE. – Oui.

ISMÈNE. – J'ai bien pensé toute la nuit. Tu es folle.

ANTIGONE. – Oui.

ISMÈNE. – Nous ne pouvons pas.

ANTIGONE, *après un silence, de sa petite voix.* – Pourquoi ?

ISMÈNE. – Il nous ferait mourir.

ANTIGONE. – Bien sûr. À chacun son rôle. Lui, il doit nous faire mourir, et nous, nous devons aller enterrer notre frère. C'est comme cela que ç'a été distribué. Qu'est-ce que tu veux que nous y fassions ?

ISMÈNE. – Je ne veux pas mourir.

ANTIGONE, *doucement.* – Moi aussi j'aurais bien voulu ne pas mourir.

ISMÈNE. – Écoute, j'ai bien réfléchi toute la nuit. Je suis l'aînée. Je réfléchis plus que toi. Toi, c'est ce qui te passe par la tête tout de suite, et tant pis si c'est une bêtise. Moi, je suis plus pondérée[1]. Je réfléchis.

1. Calme, modérée, sachant se contrôler.

ANTIGONE. – Il y a des fois où il ne faut pas trop réfléchir.

ISMÈNE. – Si, Antigone. D'abord c'est horrible, bien sûr, et j'ai pitié moi aussi de mon frère, mais je comprends un peu notre oncle.

ANTIGONE. – Moi je ne veux pas comprendre un peu.

ISMÈNE. – Il est le roi, il faut qu'il donne l'exemple.

ANTIGONE. – Moi, je ne suis pas le roi. Il ne faut pas que je donne l'exemple, moi… Ce qui lui passe par la tête, la petite Antigone, la sale bête, l'entêtée, la mauvaise, et puis on la met dans un coin ou dans un trou. Et c'est bien fait pour elle. Elle n'avait qu'à ne pas désobéir !

ISMÈNE. – Allez ! Allez !… Tes sourcils joints, ton regard droit devant toi et te voilà lancée sans écouter personne. Écoute-moi. J'ai raison plus souvent que toi.

ANTIGONE. – Je ne veux pas avoir raison.

ISMÈNE. – Essaie de comprendre, au moins !

ANTIGONE. – Comprendre… Vous n'avez que ce mot-là dans la bouche, tous, depuis que je suis toute petite. Il fallait comprendre qu'on ne peut pas toucher à l'eau, à la belle eau fuyante et froide parce que cela mouille les dalles, à la terre parce que cela tache les robes. Il fallait comprendre qu'on ne doit pas manger tout à la fois, donner tout ce qu'on a dans ses poches au mendiant qu'on rencontre, courir, courir dans le vent jusqu'à ce qu'on tombe par terre et boire quand on a chaud et se baigner quand il est trop tôt ou trop tard, mais pas juste quand on en a envie ! Comprendre. Toujours comprendre. Moi, je ne veux pas comprendre. Je comprendrai quand je serai vieille. (*Elle achève doucement.*) Si je deviens vieille. Pas maintenant.

ISMÈNE. – Il est plus fort que nous, Antigone. Il est le roi. Et ils pensent tous comme lui dans la ville. Ils sont des milliers et des milliers autour de nous, grouillant dans toutes les rues de Thèbes.

ANTIGONE. – Je ne t'écoute pas.

ISMÈNE. – Ils nous hueront[2]. Ils nous prendront avec leurs mille bras, leurs mille visages et leur unique regard. Ils nous cracheront à la figure. Et il faudra avancer dans leur haine sur la charrette avec leur odeur et leurs rires jusqu'au supplice. Et là il y aura les gardes avec leurs têtes d'imbéciles, congestionnées sur leurs cols raides, leurs grosses mains lavées, leur regard de bœuf – qu'on sent qu'on pourra toujours crier, essayer de leur faire comprendre, qu'ils vont comme des nègres et qu'ils feront tout ce qu'on leur a dit scrupuleusement, sans savoir si c'est bien ou mal… Et souffrir ? Il faudra souffrir, sentir que la douleur monte, qu'elle est arrivée au point où l'on ne peut plus la supporter ; qu'il faudrait qu'elle s'arrête, mais qu'elle continue pourtant et monte encore, comme une voix aiguë… Oh ! je ne peux pas, je ne peux pas…

ANTIGONE. – Comme tu as bien tout pensé !

ISMÈNE. – Toute la nuit. Pas toi ?

ANTIGONE. – Si, bien sûr.

ISMÈNE. – Moi, tu sais, je ne suis pas très courageuse.

ANTIGONE, *doucement*. – Moi non plus. Mais qu'est-ce que cela fait ?

Il y a un silence, Ismène demande soudain :

ISMÈNE. – Tu n'as donc pas envie de vivre, toi ?

ANTIGONE, *murmure*. Pas envie de vivre… (*Et plus doucement encore si c'est possible.*) Qui se levait la première, le matin, rien que pour sentir l'air froid sur sa peau nue ? Qui se couchait la dernière seulement quand elle n'en pouvait plus de fatigue, pour vivre encore un peu de la nuit ? Qui pleurait déjà toute petite, en pensant qu'il y avait tant de petites bêtes, tant de brins d'herbe dans le pré et qu'on ne pouvait pas tous les prendre ?

2. Pousser des cris hostiles contre quelqu'un.

Ismène, *a un élan soudain vers elle.* – Ma petite sœur…

Antigone, *se redresse et crie.* – Ah, non ! Laisse-moi ! Ne me caresse pas ! Ne nous mettons pas à pleurnicher ensemble, maintenant. Tu as bien réfléchi, tu dis ? Tu penses que toute la ville hurlante contre toi, tu penses que la douleur et la peur de mourir c'est assez ?

Ismène, *baisse la tête.* – Oui.

Antigone. – Sers-toi de ces prétextes.

Ismène, *se jette contre elle.* – Antigone ! Je t'en supplie ! C'est bon pour les hommes de croire aux idées et de mourir pour elles. Toi tu es une fille.

Antigone, *les dents serrées.* – Une fille, oui. Ai-je assez pleuré d'être une fille !

Ismène. – Ton bonheur est là devant toi et tu n'as qu'à le prendre. Tu es fiancée, tu es jeune, tu es belle…

Antigone, *sourdement.* – Non, je ne suis pas belle.

Ismène. – Pas belle comme nous, mais autrement. Tu sais bien que c'est sur toi que se retournent les petits voyous dans la rue ; que c'est toi que les petites filles regardent passer, soudain muettes sans pouvoir te quitter des yeux jusqu'à ce que tu aies tourné le coin.

Antigone, *a un petit sourire imperceptible.* – Des voyous, des petites filles…

Ismène, *après un temps.* – Et Hémon, Antigone ?

Antigone, *fermée.* – Je parlerai tout à l'heure à Hémon : Hémon sera tout à l'heure une affaire réglée.

Ismène. – Tu es folle.

Antigone, *sourit.* – Tu m'as toujours dit que j'étais folle, pour tout, depuis toujours. Va te recoucher, Ismène… Il fait jour maintenant, tu vois, et, de toute façon, je ne pourrais rien faire. Mon frère mort[3] est maintenant entouré d'une

3. Polynice laissé sans sépulture.

garde exactement comme s'il avait réussi à se faire roi. Va te recoucher. Tu es toute pâle de fatigue.

ISMÈNE. – Et toi ?

ANTIGONE. – Je n'ai pas envie de dormir… Mais je te promets que je ne bougerai pas d'ici avant ton réveil. Nourrice va m'apporter à manger. Va dormir encore. Le soleil se lève seulement. Tu as les yeux tout petits de sommeil. Va…

ISMÈNE. – Je te convaincrai, n'est-ce pas ? Je te convaincrai ? Tu me laisseras te parler encore ?

ANTIGONE, *un peu lasse.* – Je te laisserai me parler, oui. Je vous laisserai tous me parler. Va dormir maintenant, je t'en prie. Tu serais moins belle demain. (*Elle la regarde sortir avec un petit sourire triste, puis elle tombe, soudain lasse, sur une chaise.*) Pauvre Ismène !…

Dolores Torres (Antigone) et Virginie Lacroix (Ismène) dans *Antigone*, mise en scène d'Éric Civanyan, Théâtre de l'Ouest Parisien, Boulogne-Billancourt (1987).

Questions

Repérer et analyser

Un dialogue argumentatif

1 De quoi Ismène veut-elle convaincre Antigone ?

2 Quels arguments utilise-t-elle, se référant :

a. au droit d'aînesse (l. 15-18) ?

b. à l'autorité politique (l. 7-11 et 47-50) ? Qui est désigné par les pronoms « il » et « lui » ?

c. à la violence (l. 47-65) ?

3 **a.** Relevez dans les lignes 48 à 65 les champs lexicaux de la violence et de la douleur ainsi que les répétitions.

b. Quel est le temps utilisé ?

c. Quel effet Ismène cherche-t-elle à produire sur sa sœur ?

4 **a.** Quel argument fondé sur un préjugé social Ismène utilise-t-elle (l. 90-92) ? Quel est le rôle de la femme selon Ismène ?

b. Quels arguments d'ordre affectif Ismène invoque-t-elle ensuite pour faire céder Antigone (l. 95-102 et 105-107) ?

5 **a.** Antigone oppose-t-elle des arguments à ceux d'Ismène ?

b. Quel type et quelle forme de phrase utilise-t-elle essentiellement ?

c. Pour quelle raison Antigone ne peut-elle être convaincue par les paroles d'Ismène ?

Deux sœurs, deux caractères

Ismène

6 **a.** Quels termes Ismène utilise-t-elle pour se présenter comme la plus raisonnable des deux sœurs ?

b. Quelle conception a-t-elle du rôle de la femme par rapport à l'homme ? Citez une réplique précise.

c. Expliquez pourquoi Ismène passe de « nous ne pouvons pas » (l. 5) à « je ne veux pas » (l. 12) puis à « je ne peux pas » (l. 65). Quels sentiments expriment ces glissements ?

d. Quel aveu Ismène fait-elle à Antigone (l. 69) ? Sur quel ton ?

Antigone

7 Par quel adjectif Ismène caractérise-t-elle Antigone ?

8 **a.** « Moi je ne veux pas comprendre un peu » (l. 23) : quel trait de caractère cette phrase prononcée par Antigone met-elle en évidence ?

b. Combien de fois utilise-t-elle le verbe « vouloir » ?

c. Que refuse Antigone ?

9 Que revendique Antigone depuis l'enfance ? Qu'a-t-elle toujours dû faire durant son enfance ?

10 **a.** Quel sentiment révèle l'exclamation d'Antigone : « Pauvre Ismène ! » (l. 126) ?

b. Pour quelle raison Antigone refuse-t-elle l'élan de tendresse d'Ismène ?

La montée du tragique

11 Par quels mots appartenant au champ lexical du théâtre Antigone souligne-t-elle que la fatalité mène les personnages (l. 1-11) ?

12 « Moi aussi j'aurais bien voulu ne pas mourir » (l. 13-14) : pour quelle raison Antigone emploie-t-elle le conditionnel passé ? Quel effet dramatique produit l'emploi de ce temps ?

13 **a.** Relevez les expressions par lesquelles Antigone clame son amour de la vie.

b. En quoi ces mots ont-ils une résonance tragique ?

Étudier la langue

Conjugaison : indicatif et impératif

14 « Essaie de comprendre » (l. 34) : conjuguez ce verbe à toutes les personnes du présent de l'indicatif et de l'impératif.

15 Conjuguez les verbes suivants aux trois personnes de l'impératif présent.

a. être courageux
b. ne pas se battre
c. ne pas faire de bruit
d. savoir une chose
e. écouter le professeur
f. ne pas pleurer
g. aller retrouver ses amis
h. sortir d'ici
i. partir vite
j. dire la vérité

Écrire

Écrire un dialogue de théâtre

16 Deux amis se promènent dans une forêt lorsqu'ils aperçoivent un ravin. L'un des deux veut y descendre tandis que l'autre, plus prudent, cherche à raisonner son camarade. Imaginez leur discussion sous forme d'un dialogue de théâtre.

Consignes d'écriture :

– donnez un nom aux personnages ;

– respectez les codes du théâtre (disposition des noms des personnages, des répliques, emploi de didascalies pour marquer le ton, les gestes, les sentiments...). Chacun des personnages devra avancer trois arguments ;

– utilisez les répliques suivantes :

« Essaie de comprendre au moins ! »

« Moi je ne veux pas comprendre. »

« Écoute-moi, j'ai raison plus souvent que toi. »

Antigone de J. Anouilh – Antigone et Hémon

« Pardon, Hémon... »

Ismène est sortie. La nourrice revient avec un café et des tartines. Antigone a alors un moment de faiblesse et cherche du réconfort auprès d'elle comme lorsqu'elle était petite ; puis elle lui confie sa chienne Douce. Mais Hémon paraît sur scène et la nourrice laisse les jeunes gens en tête à tête.

ANTIGONE, *court à Hémon.* – Pardon, Hémon, pour notre dispute d'hier soir et pour tout. C'est moi qui avais tort. Je te prie de me pardonner.

HÉMON. – Tu sais bien que je t'avais pardonné, à peine avais-tu claqué la porte. Ton parfum était encore là et je t'avais déjà pardonné. (*Il la tient dans ses bras, il sourit, il la regarde.*) À qui l'avais-tu volé, ce parfum ?

ANTIGONE. – À Ismène.

HÉMON. – Et le rouge à lèvres, la poudre, la belle robe ?

ANTIGONE. – Aussi.

HÉMON. – En quel honneur t'étais-tu faite si belle ?

ANTIGONE. – Je te le dirai. (*Elle se serre contre lui un peu plus fort.*) Oh ! mon chéri, comme j'ai été bête ! Tout un soir gaspillé. Un beau soir.

HÉMON. – Nous aurons d'autres soirs, Antigone.

ANTIGONE. – Peut-être pas.

HÉMON. – Et d'autres disputes aussi. C'est plein de disputes un bonheur.

ANTIGONE. – Un bonheur, oui... Écoute, Hémon.

HÉMON. – Oui.

ANTIGONE. – Ne ris pas ce matin. Sois grave.

HÉMON. – Je suis grave.

ANTIGONE. – Et serre-moi. Plus fort que tu ne m'as jamais serrée. Que toute ta force s'imprime dans moi.

HÉMON. – Là. De toute ma force.

ANTIGONE, *dans un souffle*. – C'est bon. (*Ils restent un instant sans rien dire, puis elle commence doucement.*) Écoute, Hémon.

HÉMON. – Oui.

ANTIGONE. – Je voulais te dire ce matin… Le petit garçon que nous aurions eu tous les deux…

HÉMON. – Oui.

ANTIGONE. – Tu sais, je l'aurais bien défendu contre tout.

HÉMON. – Oui, Antigone.

ANTIGONE. – Oh ! je l'aurais serré si fort qu'il n'aurait jamais eu peur, je te le jure. Ni du soir qui vient, ni de l'angoisse du plein soleil immobile, ni des ombres… Notre petit garçon, Hémon ! Il aurait eu une maman toute petite et mal peignée – mais plus sûre que toutes les vraies mères du monde avec leurs vraies poitrines et leurs grands tabliers. Tu le crois, n'est-ce pas, toi ?

HÉMON. – Oui, mon amour.

ANTIGONE. – Et tu crois aussi, n'est-ce pas, que toi, tu aurais eu une vraie femme ?

HÉMON, *la tient*. – J'ai une vraie femme.

ANTIGONE, *crie soudain, blottie contre lui*. – Oh ! tu m'aimais, Hémon, tu m'aimais, tu en es bien sûr, ce soir-là ?

HÉMON, *la berce doucement*. – Quel soir ?

ANTIGONE. – Tu es bien sûr qu'à ce bal où tu es venu me chercher dans mon coin, tu ne t'es pas trompé de jeune fille ? Tu es sûr que tu n'as jamais regretté depuis, jamais pensé, même tout au fond de toi, même une fois, que tu aurais plutôt dû demander Ismène ?

HÉMON. – Idiote !

ANTIGONE. – Tu m'aimes, n'est-ce pas ? Tu m'aimes comme une femme ? Tes bras qui me serrent ne mentent pas ? Tes grandes mains posées sur mon dos ne mentent pas, ni ton odeur, ni ce bon chaud, ni cette grande confiance qui m'inonde quand j'ai la tête au creux de ton cou ?

HÉMON. – Oui, Antigone, je t'aime comme une femme.

ANTIGONE. – Je suis noire et maigre. Ismène est rose et dorée comme un fruit.

HÉMON, *murmure*. – Antigone…

ANTIGONE. – Oh ! Je suis toute rouge de honte. Mais il faut que je sache ce matin. Dis la vérité, je t'en prie. Quand tu penses que je serai à toi, est-ce que tu sens au milieu de toi comme un grand trou qui se creuse, comme quelque chose qui meurt ?

HÉMON. – Oui, Antigone.

ANTIGONE, *dans un souffle, après un temps*. – Moi, je sens comme cela. Et je voulais te dire que j'aurais été très fière d'être ta femme, ta vraie femme, sur qui tu aurais posé ta main, le soir, en t'asseyant, sans penser, comme sur une chose bien à toi. (*Elle s'est détachée de lui, elle a pris un autre ton.*) Voilà. Maintenant, je vais te dire encore deux choses. Et quand je les aurai dites il faudra que tu sortes sans me questionner. Même si elles te paraissent extraordinaires, même si elles te font de la peine. Jure-le-moi.

HÉMON. – Qu'est-ce que tu vas me dire encore ?

ANTIGONE. – Jure-moi d'abord que tu sortiras sans rien me dire. Sans même me regarder. Si tu m'aimes, jure-le-moi. (*Elle le regarde avec son pauvre visage bouleversé.*) Tu vois comme je te le demande, jure-le-moi, s'il te plaît, Hémon… C'est la dernière folie que tu auras à me passer.

HÉMON, *après un temps*. – Je te le jure.

ANTIGONE. – Merci. Alors, voilà. Hier d'abord. Tu me demandais tout à l'heure pourquoi j'étais venue avec une robe d'Ismène, ce parfum et ce rouge à lèvres. J'étais bête. Je n'étais pas très sûre que tu me désires vraiment et j'avais fait tout cela pour être un peu plus comme les autres filles, pour te donner envie de moi.

HÉMON. – C'était pour cela ?

ANTIGONE. – Oui. Et tu as ri et nous nous sommes disputés et mon mauvais caractère a été le plus fort, je me suis sauvée. (*Elle ajoute plus bas.*) Mais j'étais venue chez toi pour que tu me prennes hier soir, pour que je sois ta femme avant. (*Il recule, il va parler, elle crie.*) Tu m'as juré de ne pas me demander pourquoi. Tu m'as juré, Hémon ! (*Elle dit plus bas, humblement.*) Je t'en supplie… (*Et elle ajoute, se détournant, dure.*) D'ailleurs, je vais te dire. Je voulais être ta femme quand même parce que je t'aime comme cela, moi, très fort, et que – je vais te faire de la peine, ô mon chéri, pardon ! – que jamais, jamais, je ne pourrai t'épouser. (*Il est resté muet de stupeur, elle court à la fenêtre, elle crie.*) Hémon, tu me l'as juré ! Sors. Sors tout de suite sans rien dire. Si tu parles, si tu fais un seul pas vers moi, je me jette par cette fenêtre. Je te le jure, Hémon. Je te le jure sur la tête du petit garçon que nous avons eu tous les deux en rêve, du seul petit garçon que j'aurai jamais. Pars maintenant, pars vite. Tu sauras demain. Tu sauras tout à l'heure. (*Elle achève avec un tel désespoir qu'Hémon obéit et s'éloigne.*) S'il te plaît, pars, Hémon. C'est tout ce que tu peux faire encore pour moi, si tu m'aimes. (*Il est sorti. Elle reste sans bouger, le dos à la salle, puis elle referme la fenêtre, elle vient s'asseoir sur une petite chaise au milieu de la scène, et dit doucement, comme étrangement apaisée.*) Voilà. C'est fini pour Hémon, Antigone.

Questions

Repérer et analyser

La tentation de la féminité et de la maternité

1 Quels traits physiques caractérisent Antigone ? Comparez-la avec sa sœur Ismène.

2 Pourquoi Antigone a-t-elle emprunté la veille la robe, le parfum, la poudre et le rouge à lèvres d'Ismène ?

3 **a.** Combien de fois Antigone utilise-t-elle le mot « femme » ?
b. Comment le spectateur comprend-il l'adverbe « avant » dans l'expression « pour que je sois ta femme avant » (l. 93) ?

4 Comment Antigone conçoit-elle son rôle de mère ?

Antigone et Hémon

Un couple d'amoureux

5 Montrez qu'Antigone et Hémon sont liés par un véritable amour. Appuyez-vous sur les paroles qu'ils prononcent et les didascalies.

6 Par quelles paroles Antigone cherche-t-elle cependant à s'assurer qu'Hémon l'aime vraiment ?

7 Quel type de bonheur Antigone aurait-elle pu envisager auprès d'Hémon ?

La rupture

8 Par quelle phrase Antigone annonce-t-elle à Hémon la rupture ?

9 **a.** Quel chantage exerce-t-elle sur lui pour l'empêcher de parler ?
b. Pourquoi veut-elle qu'il se taise et sorte ?

Le tragique

10 **a.** À quel temps Antigone conjugue-t-elle le bonheur ? Citez le texte.
b. Quelle est la valeur de ce temps ? En quoi prend-il une résonance tragique ?

11 **a.** Qu'est-ce que le bonheur pour Hémon ?
b. Relevez les indices qui montrent qu'Hémon a confiance en l'avenir.
c. Comprend-il les raisons de la rupture ? Et le spectateur ? Justifiez votre réponse. En quoi la situation est-elle tragique ?

12 Quel effet peut produire sur le spectateur l'évocation du petit garçon qu'Antigone n'aura jamais ?

Étudier la langue

Conjugaison : conditionnel passé et futur antérieur

13 « Je l'aurais bien défendu contre tout » (l. 32) ; « Et quand je les aurai dites, il faudra que tu sortes » (l. 72-73).

a. Quel verbe est au conditionnel passé ? Quel verbe est au futur antérieur ?

b. Lequel de ces deux temps marque une antériorité dans le futur (action future antérieure à une autre action future) ?

Lequel marque un irréel du passé (action qui aurait pu être réalisée mais qui ne l'a pas été) ?

14 Conjuguez les verbes au futur antérieur ou au conditionnel passé.

a. Elle doit me prévenir dès qu'elle (*recevoir*) de nouvelles informations.

b. Nous (*pouvoir*) t'aider.

c. Jamais il n'(*imaginer*) faire ce voyage.

d. Si j'avais su je (*rester*) avec toi.

e. Quand vous (*arriver*), prévenez-nous.

Écrire

Écrire un dialogue de théâtre

15 Hémon, en plein désarroi devant l'attitude d'Antigone, est sorti sans rien dire. Mais il se reprend et décide de revenir afin de questionner Antigone et la convaincre de choisir d'être heureuse avec lui. Écrivez le dialogue.

Consignes d'écriture :

– respectez les codes de l'écriture théâtrale ;

– introduisez une tirade (longue réplique) dans laquelle Hémon exprimera son point de vue ;

– soyez attentif à la ponctuation ;

– ajoutez les didascalies de gestes et de ton.

***Antigone* de J. Anouilh – Antigone et Créon**

« Je suis là pour vous dire non et pour mourir... »

Ismène revient pour supplier Antigone de ne pas enterrer Polynice mais cette dernière lui révèle qu'elle l'a déjà fait. À peine sont-elles sorties de scène qu'un garde apprend à Créon qu'on a recouvert de terre le corps de Polynice ; Créon exige d'eux le silence. Puis le Chœur explique que la tragédie est en marche. Enfin Antigone apparaît, poussée par les gardes qui l'ont surprise auprès du cadavre de son frère et l'emmènent devant Créon. Ce dernier va tenter de la sauver malgré elle. Mais Antigone s'obstine et veut retourner auprès du corps de Polynice. Créon essaie alors de lui expliquer ce qu'est la raison d'État.

CRÉON. – Un matin, je me suis réveillé roi de Thèbes. Et Dieu sait si j'aimais autre chose dans la vie que d'être puissant...

ANTIGONE. – Il fallait dire non, alors !

CRÉON. – Je le pouvais. Seulement, je me suis senti tout d'un coup comme un ouvrier qui refusait un ouvrage. Cela ne m'a pas paru honnête. J'ai dit oui.

ANTIGONE. – Eh bien, tant pis pour vous. Moi, je n'ai pas dit « oui » ! Qu'est-ce que vous voulez que cela me fasse, à moi, votre politique, votre nécessité, vos pauvres histoires ? Moi, je peux dire « non » encore à tout ce que je n'aime pas et je suis seul juge. Et vous, avec votre couronne, avec vos gardes, avec votre attirail, vous pouvez seulement me faire mourir parce que vous avez dit « oui ».

CRÉON. – Écoute-moi.

ANTIGONE. – Si je veux, moi, je peux ne pas vous écouter. Vous avez dit « oui ». Je n'ai plus rien à apprendre de vous. Pas vous. Vous êtes là à boire mes paroles. Et si vous n'appelez pas vos gardes, c'est pour m'écouter jusqu'au bout.

CRÉON. – Tu m'amuses !

ANTIGONE. – Non. Je vous fais peur. C'est pour cela que vous essayez de me sauver. Ce serait tout de même plus commode de garder une petite Antigone vivante et muette dans ce palais. Vous êtes trop sensible pour faire un bon tyran, voilà tout. Mais vous allez tout de même me faire mourir tout à l'heure, vous le savez, et c'est pour cela que vous avez peur. C'est laid un homme qui a peur.

CRÉON, *sourdement*. – Eh bien, oui, j'ai peur d'être obligé de te faire tuer si tu t'obstines. Et je ne le voudrais pas.

ANTIGONE. – Moi, je ne suis pas obligée de faire ce que je ne voudrais pas ! Vous n'auriez pas voulu non plus, peut-être, refuser une tombe à mon frère ? Dites-le donc, que vous ne l'auriez pas voulu ?

CRÉON. – Je te l'ai dit.

ANTIGONE. – Et vous l'avez fait tout de même. Et maintenant, vous allez me faire tuer sans le vouloir. Et c'est cela, être roi !

CRÉON. – Oui, c'est cela !

ANTIGONE. – Pauvre Créon ! Avec mes ongles cassés et pleins de terre[1] et les bleus que tes gardes m'ont faits aux bras, avec ma peur qui me tord le ventre, moi je suis reine.

CRÉON. – Alors, aie pitié de moi, vis. Le cadavre de ton frère qui pourrit sous mes fenêtres, c'est assez payé pour que l'ordre règne dans Thèbes. Mon fils t'aime. Ne m'oblige pas à payer avec toi encore. J'ai assez payé.

ANTIGONE. – Non. Vous avez dit « oui ». Vous ne vous arrêterez jamais de payer maintenant !

1. Antigone vient d'ensevelir Polynice en se servant de ses mains et d'une petite pelle.

CRÉON, *la secoue soudain, hors de lui.* – Mais, bon Dieu ! Essaie de comprendre une minute, toi aussi, petite idiote ! J'ai bien essayé de te comprendre, moi. Il faut pourtant qu'il y en ait qui disent oui. Il faut pourtant qu'il y en ait qui mènent la barque. Cela prend l'eau de toutes parts, c'est plein de crimes, de bêtise, de misère… Et le gouvernail est là qui ballotte. L'équipage ne veut plus rien faire, il ne pense qu'à piller la cale et les officiers sont déjà en train de se construire un petit radeau confortable, rien que pour eux, avec toute la provision d'eau douce pour tirer au moins leurs os de là. Et le mât craque, et le vent siffle, et les voiles vont se déchirer, et toutes ces brutes vont crever toutes ensemble, parce qu'elles ne pensent qu'à leur peau, à leur précieuse peau et à leurs petites affaires. Crois-tu, alors, qu'on a le temps de faire le raffiné, de savoir s'il faut dire « oui » ou « non », de se demander s'il ne faudra pas payer trop cher un jour et si on pourra encore être un homme après ? On prend le bout de bois, on redresse devant la montagne d'eau, on gueule un ordre et on tire dans le tas, sur le premier qui s'avance. Dans le tas ! Cela n'a pas de nom. C'est comme la vague qui vient de s'abattre sur le pont devant vous ; le vent qui vous gifle, et la chose qui tombe dans le groupe n'a pas de nom. C'était peut-être celui qui t'avait donné du feu en souriant la veille. Il n'a plus de nom. Et toi non plus, tu n'as plus de nom, cramponné à la barre. Il n'y a plus que le bateau qui ait un nom et la tempête. Est-ce que tu le comprends, cela ?

ANTIGONE, *secoue la tête.* – Je ne veux pas comprendre. C'est bon pour vous. Moi je suis là pour autre chose que pour comprendre. Je suis là pour vous dire non et pour mourir.

CRÉON. – C'est facile de dire non !

ANTIGONE. – Pas toujours.

CRÉON. – Pour dire oui, il faut suer et retrousser ses manches, empoigner la vie à pleines mains et s'en mettre jusqu'aux coudes. C'est facile de dire non, même si on doit mourir. Il n'y a qu'à ne pas bouger et attendre. Attendre pour vivre, attendre même pour qu'on vous tue. C'est trop lâche. C'est une invention des hommes. Tu imagines un monde où les arbres aussi auraient dit non contre la sève, où les bêtes auraient dit non contre l'instinct de la chasse ou de l'amour ? Les bêtes, elles au moins, sont bonnes et simples et dures. Elles vont, se poussant les unes après les autres, courageusement, sur le même chemin. Et si elles tombent, les autres passent et il peut s'en perdre autant que l'on veut, il en restera toujours une de chaque espèce prête à refaire des petits et à reprendre le même chemin avec le même courage, toute pareille à celles qui sont passées avant.

ANTIGONE. – Quel rêve, hein, pour un roi, des bêtes ! Ce serait si simple.

Un silence, Créon la regarde.

CRÉON. – Tu me méprises, n'est-ce pas ? (*Elle ne répond pas, il continue comme pour lui.*) C'est drôle. Je l'ai souvent imaginé, ce dialogue avec un petit jeune homme pâle qui aurait essayé de me tuer et dont je ne pourrais rien tirer après que du mépris. Mais je ne pensais pas que ce serait avec toi et pour quelque chose d'aussi bête… (*Il a pris sa tête dans ses mains. On sent qu'il est à bout de forces.*) Écoute-moi tout de même pour la dernière fois. Mon rôle n'est pas bon, mais c'est mon rôle et je vais te faire tuer.

Antigone, Jean Anouilh,

Questions

Repérer et analyser

Une scène de confrontation

1 **a.** De quoi Créon cherche-t-il à persuader Antigone ?
b. Son attitude est-elle hostile envers elle ? Veut-il la faire mourir ou au contraire la sauver ? Justifiez votre réponse.
c. Sur quel ton s'adresse-t-il à elle dans la réplique : « Mais, bon Dieu ! Essaie de comprendre une minute, toi aussi, petite idiote ! » (l. 46-47) ? Vous semble-t-il agressif ou, d'une certaine façon, affectueux ? Justifiez votre réponse.

Une leçon de politique

La métaphore est une figure de style qui consiste à rapprocher un élément (le comparé) d'un autre élément (le comparant) pour souligner leur analogie (ressemblance) sans avoir recours à un outil de comparaison (*comme*, *tel*, *pareil à*...).
La métaphore filée est un procédé qui consiste à développer et poursuivre une métaphore sur plusieurs mots.

2 **a.** À quoi Créon compare-t-il le métier d'homme d'État ?
b. Que représente le bateau ? Dans quelle situation est-il ? Relevez des images précises.
c. Quel est le rôle du pilote ?
d. Quels personnages du bateau représentent le peuple ? Et les gens de la cour ?

3 **a.** Par quels termes Créon désigne-t-il le peuple sur lequel il règne ?
b. Quel jugement porte-t-il sur le comportement de ce peuple ?

4 Quelles images Créon utilise-t-il pour montrer que, pour lui, l'intérêt collectif doit passer avant l'intérêt individuel ?

Un pouvoir dévalorisé

5 Le roi peut-il faire ce qu'il veut ? Donnez un exemple.

6 Relevez dans les tirades de Créon les termes et expressions qui appartiennent au langage familier.
En quoi ce niveau de langue contribue-t-il à désacraliser la fonction de roi ?

7 Citez deux répliques dans lesquelles Antigone méprise Créon, puis la fonction royale. Montrez qu'elle passe du vouvoiement au tutoiement. Comment expliquez-vous ce changement ?

La morale du oui et du non

8 **a.** Relevez les expressions par lesquelles Antigone s'oppose à Créon. Montrez qu'Antigone est celle qui dit « non ».
b. À quoi dit-elle « non » ? Au nom de quelle valeur ?
9 **a.** Qu'est-ce que dire « oui » pour Créon ?
b. Au nom de quelle valeur dit-il « oui » ? Quel exemple cite-t-il ?
10 À quoi le « non » absolu d'Antigone mène-t-il ? Et le « oui » absolu de Créon ?

La montée du tragique

11 **a.** Qu'exige la raison d'État devant l'acte de désobéissance d'Antigone ?
b. Créon approuve-t-il ce que sa fonction de roi l'oblige à faire ? Justifiez votre réponse en citant des phrases précises.
12 **a.** Relevez les phrases et expressions qui soulignent que tout est déjà joué et que Créon ne peut sauver Antigone.
b. Quel est le double sens du mot « rôle » à la fin de la tirade de Créon ?

Débattre

Dire « non »

13 « C'est facile de dire non !
– Pas toujours.
– Pour dire oui, il faut suer et retrousser ses manches [...]. »
Dans quels cas, comme le dit Créon, peut-il être facile de dire « non » ? Dans quels cas est-ce difficile ? Partagez vos points de vue.

Étudier la langue

Vocabulaire : autour du mot « pauvre »

14 « Vos pauvres histoires » (l. 9) ; « Pauvre Créon » (l. 37) : quel est le sens de l'adjectif « pauvre » ?

a. qui inspire de la pitié

b. qui est lamentable

c. qui n'a pas d'argent

Conjugaison : étudier un mode verbal

15 **a.** « Écoute-moi » (l. 14) : quel est le mode de ce verbe ? Que met en évidence l'emploi de ce mode ?

b. Ce mode a-t-il la même valeur dans la réplique de Créon : « Alors, aie pitié de moi, vis » (l. 40) ?

Se documenter

L'actualité de la pièce d'Anouilh en 1944

En août 1941, un jeune résistant, Paul Collette, tire et blesse Paul Laval, chef du gouvernement de Vichy. Le jeune homme n'appartient à aucun réseau de résistance, à aucun mouvement politique ; son geste est isolé. Le caractère héroïque et tragique de cette action frappe Jean Anouilh et l'incite à écrire *Antigone* en 1942. La pièce, créée en 1944, connaît un immense succès mais engendre une polémique. Certains reprochent à Anouilh de faire l'apologie du régime de Vichy, à travers le personnage de Créon. D'autres, au contraire, voient dans Antigone la « première résistante de l'histoire » et dans la pièce un plaidoyer pour l'esprit de révolte et le devoir de désobéissance envers un pouvoir tyrannique.

Quoi qu'il en soit, Anouilh lui-même n'a jamais pris parti et s'est défendu d'avoir écrit des pièces à thèse. Le conflit qui oppose Créon à Antigone est universel et définit deux comportements de l'homme devant l'existence : l'acceptation de la vie telle qu'elle est, c'est la morale du « oui », ou bien le refus de la réalité et des compromissions, c'est la morale du « non ».

Biographie

Sophocle

Buste de Sophocle (vers 496-406 avant J.-C.), marbre.

Sophocle (496-406 av. J.-C.) est né à Colone, près d'Athènes, dans une famille aisée. Il est contemporain de Périclès et sa vie se déroule donc pendant l'âge d'or athénien.

Il reçoit une très bonne éducation et à quinze ans, il conduit le chœur qui chante la victoire de Salamine.

Il connaît le succès en remportant en – 469, lors des Dionysies, le premier prix face à Eschyle.

Il participe aussi à la vie politique. En – 441, ses concitoyens le nomment stratège (magistrat chargé des affaires militaires) en même temps que Périclès ; il dirige avec lui une expédition contre Samos, alliée des Perses. À Samos, Sophocle fait la connaissance de l'historien Hérodote.

La carrière d'auteur tragique de Sophocle est très riche : il aurait écrit environ cent vingt pièces mais seules sept tragédies nous sont parvenues parmi lesquelles Antigone, *écrite en – 441 ou – 442. Elle appartient au cycle des pièces thébaines avec* Œdipe-Roi *(écrit entre – 430 et – 425) et* Œdipe à Colone, *dernière pièce de Sophocle.*

*Vers la fin de sa vie, traduit en justice par un de ses fils qui l'accuse d'être sénile, il lit devant le tribunal un chant choral extrait d'*Œdipe à Colone *et est acquitté.*

Repères

La tragédie grecque

Les représentations

La tragédie grecque s'est développée au cours des VIe *et* V^e^ *siècles avant J.-C. Son origine est obscure mais vraisemblablement liée au culte de Dionysos. Les représentations avaient lieu pendant les fêtes données en l'honneur du dieu, Lénéennes en janvier et grandes Dionysies en mars, dans le cadre de concours théâtraux. Les pièces, jouées en plein air, s'adressaient à tous les citoyens réunis pour ces célébrations. À Athènes, au* V^e^ *siècle av. J.-C., trois auteurs dominent la tragédie : Eschyle, Sophocle et Euripide.*

Tous les rôles sans exception sont joués par des hommes adultes, qui interprètent chacun plusieurs rôles. Les acteurs portent un costume et des masques qui permettent l'identification rapide des différents personnages qu'ils incarnent.

Sophocle introduit le troisième acteur (tritagoniste) car jusqu'alors seuls deux acteurs jouaient tous les rôles (protagoniste et deutéragoniste), supprime le système de la trilogie (les pièces étaient écrites par groupes de trois) et réduit le chœur.

Structure de la tragédie

Dans la tragédie, alternent les parties chantées et dansées par le chœur et les parties parlées. Le chœur sert souvent d'intermédiaire entre les spectateurs et le héros, mais aussi entre les personnages eux-mêmes. Il commente aussi l'intervention des personnages et annonce leur arrivée.

Les règles de composition de la tragédie grecque sont fixes : un prologue (prologos) *expose le sujet et présente les personnages, il est suivi de l'entrée du chœur chantée et dansée* (parados) *; puis se succèdent trois à cinq épisodes, séparés par des chants du chœur ; enfin la tragédie se termine par une conclusion* (exodos) *et la sortie du chœur.*

Antigone de Sophocle – Le prologue

« Oui, je l'ensevelirai, lui, mon frère... »

La scène est à Thèbes devant le palais de Créon.

ANTIGONE. – Compagne de ma destinée. Ismène, ma sœur, de tous les maux que nous avons hérités d'Œdipe, en sais-tu un seul que Zeus[1] veuille épargner à notre vie ? Non, il n'est point de douleur, point de malheur, point de honte ni d'ignominie que je ne voie au nombre de tes maux et des miens. Et maintenant, quel est encore ce nouveau décret que dans la cité populeuse, le roi, dit-on, a fait publier tout récemment ? Le sais-tu ? as-tu appris quelque chose ? ou bien ignores-tu les maux qu'à nos amis préparent nos ennemis ?

ISMÈNE. – Moi, chère Antigone ? Mais, aucune nouvelle de nos amis ni agréable ni douloureuse ne m'est parvenue, depuis que nous avons toutes deux été privées de nos deux frères, tués hélas ! en un seul jour et l'un par l'autre. Et depuis le départ de l'armée argienne[2], cette nuit même, je n'ai rien appris qui doive ou ajouter à mon bonheur ou à mes maux.

ANTIGONE. – Je le savais bien ; et voilà pourquoi hors des portes du palais je t'ai fait sortir, afin que seule tu m'entendes.

ISMÈNE. – Qu'y a-t-il ? Tu me parais rouler dans ton esprit quelque projet.

ANTIGONE. – Eh quoi ! au sujet de la sépulture de nos deux frères, Créon n'a-t-il pas honoré l'un d'un tombeau et refusé

1. Roi des dieux dans la mythologie grecque ; il est lié à la famille des Labdacides car il a séduit Sémélé, fille de Cadmos avec laquelle il a eu Dionysos.
2. Armée d'Adraste, roi d'Argos.

à l'autre cet honneur ? Étéocle, dit-on, a été justement enseveli et honoré chez les morts ; quant à l'infortuné Polynice, mort misérablement, tous les citoyens, paraît-il, ont reçu la défense de l'ensevelir et de le pleurer ; on le laisse sans larmes, sans tombeau et la proie des oiseaux. C'est là, dit-on, ce que le bienveillant Créon nous veut, à toi et à moi, oui vraiment à moi aussi, nous veut imposer. Il doit venir ici le déclarer hautement à ceux qui l'ignorent ; l'affaire est d'importance à ses yeux, et quiconque essaierait d'agir sera lapidé[3] par le peuple de Thèbes. Tel est l'état des choses ; à toi bientôt de montrer si tu es de noble race, ou si tu démens ta naissance.

ISMÈNE. – Mais, malheureuse, si les choses en sont là, quelque parti que je prenne, que gagnerais-je ?

ANTIGONE. – Vois si tu veux prendre part à mon entreprise et m'aider.

ISMÈNE. – Quelle entreprise ? quels sont donc tes projets ?

ANTIGONE. – Veux-tu avec moi enlever le cadavre ?

ISMÈNE. – Est-ce que vraiment tu songes à l'ensevelir, malgré la défense publique ?

ANTIGONE. – Oui, je l'ensevelirai, lui, mon frère et le tien, même si tu t'y refuses.

ISMÈNE. – Malheureuse ! après que Créon l'a défendu.

ANTIGONE. – Mais il n'a pas le droit de m'ôter ce qui m'appartient.

ISMÈNE. – Hélas ! songe, ô ma sœur, à notre père mort dans la honte et l'opprobre[4] ! Après avoir lui-même découvert ses crimes, il se creva les deux yeux de sa propre main. Et puis sa mère et son épouse, double titre, par un funeste lacet termine honteusement sa vie. Enfin nos deux frères, le même jour, s'égorgent mutuellement, et, malheureux, achèvent l'un par l'autre leur commune destinée.

3. Tué à coups de pierres.

4. Réprobation publique.

Et nous, nous restons seules. Vois donc combien notre mort sera plus misérable, si malgré la loi nous enfreignons les ordres et le pouvoir de nos maîtres. Il ne faut pas oublier aussi que nous sommes femmes et ne pouvons lutter contre des hommes. Et puis, nous recevons les ordres de plus puissants que nous ; il faut nous y soumettre et même à de plus durs. Pour moi donc, je prie les mânes[5] de me pardonner, car je souffre violence ; mais j'obéirai à ceux qui sont au pouvoir. Essayer plus qu'on ne peut, c'est folie.

ANTIGONE. – Je ne te demande plus rien ; non, même si tu le voulais maintenant, tu ne me ferais pas plaisir en m'aidant. Sois donc ce qu'il te plaît ; moi je l'ensevelirai. Il me sera beau de mourir dans cette action. Moi, sa sœur, je reposerai près de lui, la sœur près du frère, et devenue saintement criminelle. Car le temps est plus long où je dois plaire aux habitants des enfers plutôt qu'aux hommes. Là, en effet, je reposerai éternellement. Toi, si tu le veux, méprise ce que les dieux honorent.

ISMÈNE. – Non, je ne le méprise point, mais agir contre la volonté de mes concitoyens, j'en suis incapable.

ANTIGONE. – Tu peux invoquer ces prétextes ; pour moi, je vais à l'instant recouvrir le cadavre d'un frère aimé.

ISMÈNE. – Ah ! malheureuse ; que je tremble pour toi !

ANTIGONE. – Non, ne crains pas pour moi ; songe à ta propre sûreté.

ISMÈNE. – Mais du moins ne révèle à personne ton projet ; cache-toi pour ensevelir le corps ; je garderai moi aussi le silence.

ANTIGONE. – Grands dieux ! parle ; tu me seras bien plus odieuse par ton silence et en ne proclamant pas à tous mes actions.

5. Âmes des morts, considérées comme des divinités.

ISMÈNE. – Ton âme est bien ardente où il faudrait du sang-froid.

ANTIGONE. – Du moins j'ai conscience de plaire à ceux surtout que je dois satisfaire.

ISMÈNE. – Encore faut-il que tu réussisses ; et c'est l'impossible que tu poursuis.

ANTIGONE. – Eh bien ! quand je serai à bout de forces, alors je m'arrêterai.

ISMÈNE. – Avant tout, il ne faut pas s'obstiner à l'impossible.

ANTIGONE. – Si tu parles ainsi, tu mériteras ma haine à moi, et tu seras encore justement haïe de notre mort. Allons, laisse-moi, laisse ma folie s'exposer à ces périls ; les supplices du moins ne m'empêcheront pas de mourir glorieusement.

ISMÈNE. – Eh bien, va, si tu l'as résolu : ta démarche est sans doute insensée, mais tu aimes vraiment tes amis.

Parados – *Entrée du chœur. – Le chœur est composé de vieillards thébains.*

« Le chœur des Anciens commentant l'action de façon détachée, dépassionnée », reproduit dans *Le Théâtre*, 1899, collection Van Branteghem, Bruxelles.

Questions

Repérer et analyser

L'exposition et le début de l'action

1 Qui sont les personnages en scène ?

2 Dans quel lieu se rencontrent-ils ? Justifiez le choix de ce lieu.

3 Quels événements douloureux ont eu lieu avant le début de la pièce ?

4 **a.** Contre quel décret Antigone se révolte-t-elle ?
b. Qui a publié ce décret ?

Le dialogue entre les deux sœurs

La progression du dialogue

5 **a.** Quelle demande Antigone fait-elle à sa sœur ?
b. Quels différents arguments Ismène donne-t-elle pour justifier son refus ? À quoi se soumet-elle ?

6 **a.** Quelle attitude Antigone adopte-t-elle envers Ismène dès lors que cette dernière a exprimé son refus ?
b. Pourquoi Antigone passe-t-elle du pronom personnel « nous » aux pronoms et déterminants de 1re et 2e personnes du singulier (l. 1-70) ?

7 Les stichomythies

> **Les stichomythies** consistent en un échange très rapide dans lequel les personnages se répondent vers à vers. Elles marquent un moment de tension.

a. Délimitez les stichomythies.
b. Comment Ismène considère-t-elle la démarche de sa sœur ? Quel conseil lui donne-t-elle en même temps ?
c. Pourquoi Ismène risque-t-elle d'encourir le mépris d'Antigone ?
d. Relevez dans l'ensemble des stichomythies les termes qui expriment l'affrontement et la violence des sentiments.

Deux caractères opposés

8 L'intransigeance

> **L'intransigeance** est le fait de n'accepter aucun compromis, de se montrer déterminé et inflexible dans ses décisions.

a. Montrez que le trait de caractère principal d'Antigone est l'intransigeance. Quel est celui d'Ismène ?
b. En quoi les deux sœurs s'opposent-elles ?

La tragédie antique : aux sources du tragique

Le rôle du sacré

9 **a.** Relevez dans les paroles d'Antigone le champ lexical de la religion et des rites funéraires.
b. Quelles lois Antigone considère-t-elle comme supérieures : les lois divines ou les lois humaines ?
c. Par quels arguments justifie-t-elle sa prise de position ?

La mise en place du tragique

10 **a.** Montrez qu'Antigone accepte son destin et s'attend à être châtiée. Appuyez-vous sur le champ lexical de la mort.
b. En quoi Antigone est-elle un personnage tragique ?

Étudier la langue

Conjugaison : le verbe « enfreindre »

11 **a.** « Si malgré la loi nous enfreignons les ordres » (l. 55) : conjuguez le verbe « enfreindre » à toutes les personnes du présent et du passé composé de l'indicatif.
b. Quel nom dérivé du verbe « enfreindre » signifie « violation d'une loi » ?
c. Qu'est-ce qu'un « vol avec effraction » ?

Comparer

Antigone d'Anouilh et de Sophocle

12 Dans le prologue de Sophocle, Antigone annonce à Ismène son intention d'ensevelir Polynice. La situation est-elle la même dans la première scène d'Anouilh entre Antigone et Ismène (voir p. 15 à 19) ?

13 Les personnages d'Antigone et Ismène vous semblent-ils proches de ceux d'Anouilh ?

14 Quelles ressemblances notez-vous concernant le niveau de langage des personnages ?

15 La référence aux dieux et au sacré est-elle aussi présente chez Anouilh que chez Sophocle ?

Antigone de Sophocle – Antigone et Créon

« Connaissais-tu la défense que j'avais fait publier ? »

Le chœur rappelle la lutte fratricide qui s'est terminée par la mort d'Étéocle et Polynice. Créon est devenu le nouveau roi de Thèbes et a ordonné de laisser sans sépulture le cadavre de Polynice. Mais un garde vient lui annoncer que, malgré la surveillance, le corps de Polynice a été recouvert d'une couche de poussière sèche. Furieux, Créon fait rechercher le coupable. Le chœur intervient à nouveau pour célébrer l'homme et les progrès qu'il accomplit, et annonce aussi l'arrivée d'Antigone, poussée par le garde qui l'a surprise alors qu'elle revenait rendre les rites funèbres à son frère.

CRÉON. – Connaissais-tu la défense que j'avais fait publier ?

ANTIGONE. – Je la connaissais. Comment ne pas la connaître ? Elle était publique.

CRÉON. – Et pourtant tu as osé transgresser cette loi ?

ANTIGONE. – Ce n'était ni Zeus ni la Justice, compagne des dieux infernaux[1], qui avaient publié une pareille loi. Et je ne pensais pas que les décrets eussent assez de force pour que les lois non écrites, mais immuables[2], émanées des dieux, dussent céder à un mortel[3]. Car elles ne sont ni d'aujourd'hui, ni d'hier ; elles sont éternelles et personne ne sait quand elles ont pris naissance. Je ne devais donc pas, par crainte de froisser l'orgueil d'un mortel, m'exposer à la vengeance des dieux

1. Dieux des Enfers, Hadès et Perséphone.
2. Qui ne changent pas.
3. En publiant ce décret interdisant d'ensevelir Polynice, Créon fait preuve d'orgueil en pensant que son décret doit passer avant les lois divines qui exigent qu'un mort, quel qu'il soit, ait droit aux rites funèbres.

pour les avoir transgressées. Je savais que je devais mourir (pouvais-je l'ignorer ?), même sans ton arrêt. Mais si je meurs avant le temps, c'est pour moi grand profit, je le déclare. Quand on vit, comme je fais, au milieu des maux, comment la mort ne serait-elle pas un avantage ? Aussi le sort qui m'attend ne me cause aucune peine. Au contraire, si j'avais laissé sans sépulture celui qui connut les mêmes parents que moi, grande serait mon affliction. Ce que j'ai fait ne m'en cause aucune. Si donc ma conduite te paraît insensée, peut-être est-ce un fou qui me taxe de folie.

LE CHŒUR. – À ce caractère farouche[4] on reconnaît la fille du farouche Œdipe. Elle ne sait pas céder au malheur.

CRÉON. – Mais sache que ces âmes si opiniâtres[5] s'abattent aisément. Le fer le plus fort, le mieux durci au feu souvent se brise et vole en éclats. Un faible frein[6] suffit pour dompter les plus fougueux coursiers. Tant d'orgueil sied[7] mal à celui qui est esclave de ceux qui l'entourent. Elle savait qu'elle m'outrageait en violant les lois établies ; et maintenant, son crime accompli, elle ajoute un second outrage : elle se vante de son action, elle en rit. Mais, ou je cesserai d'être homme, ou elle le deviendra elle-même, si une telle insolence demeure impunie. Oui, qu'elle soit fille de ma sœur[8], qu'elle me touche de plus près que tous les membres de ma famille, ni elle ni sa sœur n'échapperont au sort le plus affreux ; car je soupçonne celle-ci d'être complice du même crime. – Qu'on l'appelle. Je l'ai vue tout à l'heure dans le palais, éperdue, hors d'elle-même. Souvent le cœur de celui qui médite un forfait dans l'ombre se trahit lui-même avant l'exécution. Mais je hais aussi celui qui, surpris au milieu du crime, veut ensuite se couvrir de beaux dehors.

4. Sauvage, dont l'abord est difficile.
5. Obstinées.
6. Partie du mors qui se trouve dans la bouche du cheval.
7. Convient.
8. Jocaste, mère d'Antigone, est la sœur de Créon.

Antigone. – Veux-tu quelque chose encore de plus que la mort de ta captive ?

Créon. – Non, rien ; ta mort mettra le comble à mes désirs.

Antigone. – Alors, pourquoi tarder ? Rien dans tes discours ne me plaît ni ne saurait me plaire ; et mes actions n'ont guère dû t'agréer. Cependant, quelle gloire plus brillante pourrais-je obtenir que celle d'avoir donné la sépulture à mon frère ? Tous ceux qui m'écoutent approuveraient mes paroles si la crainte ne paralysait leur langue. Mais un des privilèges de la tyrannie c'est de pouvoir faire et dire ce qui lui plaît.

Créon. – De tous les enfants de Cadmus[9] tu es la seule à penser ainsi.

Antigone. – Ils pensent comme moi, mais ils te craignent et se taisent.

Créon. – Et toi, tu ne rougis pas de prendre un parti différent ?

Antigone. – Il n'y a point de honte à honorer un frère.

Créon. – N'était-il pas aussi ton frère, celui qui est mort en combattant contre lui ?

Antigone. – Oui, fils de la même mère et du même père.

Créon. – Pourquoi donc cet hommage et ce service qui te rendent impie envers lui ?

Antigone. – Ce langage, le mort ne l'approuverait pas.

Créon. – Mais tu le mets au même rang que l'impie[10].

Antigone. – Polynice n'est pas mort son esclave, mais son frère.

Créon. – Il ravageait ce pays ; l'autre le défendait.

Antigone. – Cependant Hadès[11] désire que les lois soient égales.

9. Fondateur de Thèbes, il est le premier des Labdacides.

10. Celui qui méprise la religion ou, ici, qui trahit sa patrie.

11 Dieu qui règne sur les Enfers.

CRÉON. – Mais la vertu et le crime ne méritent pas le même traitement.

ANTIGONE. – Qui sait si ces maximes[12] ont crédit[13] dans les enfers[14] ?

CRÉON. – Jamais un ennemi, pas même après sa mort, ne devient un ami.

ANTIGONE. – Moi, je suis née pour partager l'amour et non la haine.

CRÉON. – Va donc aux enfers ; puisque tu as besoin d'aimer, aime ceux qui les habitent. Moi vivant, une femme ne fera pas ici la loi.

Le roi Créon, illustration de Pavel Bunin pour *Antigone*.

12. Formules brèves énonçant une règle de morale.
13. Sont écoutées, ont cours.
14. Le royaume des morts dans la mythologie grecque.

Questions

Repérer et analyser

Une scène d'affrontement

La situation

1 Qui sont les personnages en scène ?

2 Pourquoi Créon convoque-t-il Antigone ?

3 Quel est le rôle du chœur dans cette scène ?

4 **a.** Pourquoi Créon passe-t-il du tutoiement au pronom personnel « elle » pour désigner Antigone dans les lignes 1 à 41 ?
b. Combien de fois utilise-t-il ce pronom ? Quels effets cette répétition produit-elle ?

Les relations entre Créon et Antigone

5 Au début de l'extrait, quel verbe et quel type de phrase expriment l'autorité toute puissante de Créon et son étonnement devant la désobéissance d'Antigone ?

6 **a.** Quelle image Antigone donne-t-elle du roi Créon (l. 45-55) ?
b. Quel effet Créon produit-il sur les Thébains ? Produit-il le même effet sur Antigone ?

7 **a.** À quoi Créon compare-t-il la jeune fille ? Relevez deux images.
b. Que cherche-t-il à montrer à travers ces images ?

8 Créon dit qu'Antigone commet un second outrage envers lui. Lequel ?

9 **a.** Selon Créon, quelle doit être la place d'une femme dans la cité ? Citez le texte.
b. Antigone a-t-elle respecté la place qui devrait être la sienne ?

Des valeurs opposées

10 Quelle question fondamentale concernant les devoirs dus aux morts les deux personnages abordent-ils dans les stichomythies (l. 52-81, voir leçon p. 42) ?

11 L'antithèse

> **L'antithèse** est une figure de style qui consiste à opposer deux mots, deux expressions ou deux notions contraires.

Quels sont les arguments de Créon pour justifier son interdiction d'ensevelir Polynice ?
Relevez les antithèses dans les répliques de Créon (l. 44-81).

12 **a.** Quels arguments Antigone oppose-t-elle à ceux de Créon ?
b. Quelle différence Antigone fait-elle entre les lois « non écrites » et les lois de la cité ?
c. Relevez dans la dernière réplique d'Antigone une antithèse qui explique son comportement.

La tragédie antique : aux sources du tragique

13 Créon pense-t-il un seul instant épargner Antigone ? Justifiez votre réponse.
14 **a.** Montrez, en vous appuyant sur le texte, qu'Antigone sait que sa mort est inéluctable.
b. Éprouve-t-elle du regret à la pensée de mourir ? Pourquoi ?
15 En quoi cette scène est-elle tragique ?

Étudier la langue

Vocabulaire : autour du mot « impie » (l. 63)

La piété, du latin *pietas*, désigne un fort attachement aux devoirs et aux pratiques de la religion.

16 **a.** Quel autre sens le mot « piété » prend-il dans l'expression « piété filiale » ?
b. Quel est l'adverbe qui signifie « avec piété » ?
c. À l'aide d'un préfixe, formez le contraire du nom « piété ».
d. Quel est le féminin de l'adjectif « pieux » ?

Vocabulaire : le préfixe *trans-*

17 Dans le verbe « transgresser » (l. 4), quel est le sens du préfixe *trans-* ? Précisez le sens de ce verbe.
18 Trouvez les mots comportant le préfixe *trans-* et correspondant aux définitions suivantes.
a. paquebot qui traverse l'Atlantique
b. déplacer, porter d'un lieu à un autre
c. verser d'un récipient (vase) à un autre
d. replanter une plante ailleurs
e. faire passer d'une forme à une autre

Comparer

Antigone d'Anouilh et de Sophocle

19 Étudier les différences de caractère entre le Créon de Sophocle et celui d'Anouilh. Comment le personnage se conduit-il envers Antigone dans chacune des pièces ?

20 Les motivations d'Antigone pour désobéir au décret de Créon sont-elles les mêmes chez les deux auteurs ?

Écrire

Écrire une scène de confrontation

21 Dans l'Antiquité, lors d'une visite officielle au roi Ménélas, Pâris, jeune prince troyen, tombe amoureux de l'épouse de son hôte, Hélène, et décide de l'enlever. Il annonce son projet à son frère aîné Hector qui réagit vivement et tente de l'en dissuader.

Rédigez un dialogue théâtral d'une trentaine de lignes, dans lequel chacun des deux personnages défendra sa position en développant au moins trois arguments.

Consignes d'écriture :

- introduisez des didascalies renseignant sur le jeu des acteurs ;
- insérez les répliques suivantes : « Moi, je peux dire “non” encore à… » et « Moi, je ne suis pas obligé(e) de… ».

S'exprimer à l'oral

La place des femmes dans la Grèce antique

22 Faites un exposé sur la place des femmes dans la Grèce antique.

Antigone de Sophocle – Les morts d'Antigone et Hémon

« Qui est le meurtrier ? qui a péri ? »

Créon condamne à mort Antigone. Le chœur se lamente alors sur les malheurs des hommes et sur le sort des Labdacides. Puis Hémon entre en scène ; il refuse de renoncer à Antigone et s'oppose violemment à son père qu'il menace de ne jamais revoir.
Retour du chœur célèbrant Éros (dieu de l'amour) et mentionnant l'arrivée d'Antigone qui fait ses adieux à la vie. Le chœur évoque ensuite des figures mythiques qui ont péri, comme Antigone, ensevelies vivantes. Tirésias, le devin, vient reprocher à Créon son intransigeance et le menace de la vengeance des Érinyes[1] s'il ne revient pas sur ses ordres. Créon finit par céder et se hâte d'ensevelir Polynice avant d'aller libérer Antigone qu'il a fait enfermer dans une caverne pour qu'elle y meure. Alors que le chœur demande à Bacchus (Dionysos) de protéger Thèbes, un messager survient.

LE MESSAGER. – Habitants des murs de Cadmos et d'Amphion[2], il n'est pas d'homme dont je voudrais, tant qu'il vit, vanter ou mépriser la fortune. La fortune ! elle relève tour à tour, elle renverse le mortel heureux, le mortel malheureux, sans se reposer jamais. Ah ! il n'est pas de devin pour dire aux hommes tout ce qui les attend. Voyez Créon : il était, à mes

1. Divinités vengeresses chargées de poursuivre les auteurs de crimes et d'offenses contre la société.
2. Cadmos (ou Cadmus) fonda la ville de Cadmée ; plus tard Amphion bâtit avec Zethos une autre ville en-dessous de Cadmée, qui fut appelée Thèbes et ils entourèrent l'ensemble d'une enceinte percée de sept portes.

yeux du moins, digne d'envie naguère ; il avait sauvé de ses ennemis la terre de Cadmos ; s'étant emparé du pays, il le gouvernait en maître absolu ; près de lui florissait une noble descendance.

Maintenant tout a disparu. L'homme qui a perdu ce qui faisait ses délices, pour moi, ce n'est plus un homme qui vit, c'est un cadavre vivant. Amassez, si vous voulez, des richesses dans vos demeures ; vivez dans tout le faste de la dignité royale ; à ces biens si la joie manque, de tout cela je ne donnerais pas l'ombre d'une fumée en échange du bonheur.

LE CHŒUR. – Quel est ce nouveau malheur de mes rois que tu viens nous apprendre ?

LE MESSAGER. – L'un est mort ; et celui qui survit a causé son trépas.

LE CHŒUR. – Qui est le meurtrier ? qui a péri ? parle.

LE MESSAGER. – Hémon n'est plus, et la main qui a fait couler son sang…

LE CHŒUR. – Est-ce la main de son père ? est-ce la sienne ?

LE MESSAGER. – Lui-même il s'est frappé, furieux contre son père à cause d'un autre mort.

LE CHŒUR. – Ô devin ! comme ta prédiction s'est réalisée.

LE MESSAGER. – Puisqu'il en est ainsi, il y a d'autres choses à quoi il faudrait songer.

LE CHŒUR. – Et justement je vois s'avancer la malheureuse Eurydice, l'épouse de Créon. Elle sort du palais. Aurait-elle entendu prononcer le nom de son fils, ou bien est-ce un hasard ?

EURYDICE. – Ô vous tous, habitants de cette ville, j'ai entendu votre entretien, en sortant pour aller prier la déesse Pallas[3]. Je laissais tomber le verrou qui ferme cette porte, quand le

3. Pallas Athéna est la déesse de la sagesse, protectrice des sciences et des arts, et aussi la déesse de la guerre.

bruit d'un malheur domestique a frappé mon oreille et je tombai renversée dans les bras de mes femmes, éperdue, évanouie. – Mais quels que soient vos récits, redites-les moi; j'ai assez connu le malheur pour les entendre.

LE MESSAGER. – Chère maîtresse, témoin des faits, je vais les dire, sans rien omettre[4] de ce qui est vrai. Aussi bien à quoi bon tromper ta douleur, pour ensuite être convaincu de mensonge ? Il est bien de dire toujours la vérité.
J'accompagnai ton époux jusqu'au plateau où gisait encore, impitoyablement traité, déchiré par les chiens, le cadavre de Polynice. Là, après avoir supplié la déesse des carrefours et Pluton[5] de faire taire, bienveillants, leur colère, nous avons purifié ce cadavre par les ablutions saintes et brûlé ce qui en restait sur des branches fraîchement coupées; puis, après avoir élevé en forme de tombeau un tertre avec de la terre de sa patrie, sans retard nous nous sommes dirigés vers la caverne, vers cette chambre d'hyménée[6] où Pluton attendait la jeune fille.
Voici que, de loin, un de nous entend une voix, des gémissements partant de cette tombe privée des honneurs funèbres. Il vient l'annoncer à Créon notre maître. Créon s'avance et, à mesure qu'il approche, des voix plaintives arrivent confuses à ses oreilles. Il gémit, et poussant un cri déchirant : « Malheureux, aurais-je deviné ? Est-ce que mes pas me conduisent par le plus fatal chemin au suprême malheur ? C'est mon fils ! c'est sa voix qui m'émeut. Vous tous, allez, courez, et, arrivés à cette tombe, regardez après avoir renversé la pierre qui la ferme, regardez par cette ouverture si c'est bien Hémon que j'entends ou si c'est quelque dieu qui me trompe. »

4. Oublier, passer sous silence.
5. Dieu des enfers dans la religion romaine.
6. Mariage.

Sur l'ordre de notre maître, éperdus nous regardons. – Au fond de la caverne, Antigone était suspendue, le cou serré par un lacet formé avec le tissu de ses vêtements, et Hémon défaillant la pressait dans ses bras, maudissant la perte de son épouse précipitée aux enfers, et la cruauté de son père, et son hymen malheureux.

Créon, à cette vue, gémit amèrement ; il pénètre jusqu'à son fils, il l'appelle, il le pleure : « Malheureux ! qu'as-tu fait ? que veux-tu ? quelle folie t'entraîne à ta perte ? sors mon fils, je t'en prie, je t'en conjure ! » Mais Hémon, d'un œil farouche, égaré, regarde son père, lui crache au visage, et sans répondre tire son épée. Son père fuit et échappe à ses coups. Alors le malheureux, tournant sa rage contre lui-même, se penche sur cette épée qu'il s'enfonce en pleine poitrine, puis, encore maître de ses sens, il serre Antigone entre ses bras languissants, il expire et le sang qu'il rejette avec son dernier souffle rougit la joue pâle de la jeune fille. Et il gît, cadavre auprès d'un cadavre, et c'est dans la demeure de Pluton que s'achève la cérémonie de l'hymen, et il apprend aux hommes que l'imprudence est le plus grand des maux.

Antigone, Sophocle,
Traduction de J. Bousquet et M. Vacquelin (1897).

Questions

Repérer et analyser

La fonction du messager

1 Qui sont les personnages en présence ?

2 Qui sont les destinataires des paroles du messager ?
Relevez les expressions qui désignent ces destinataires.

3 Quels événements tragiques le messager rapporte-t-il ?
A-t-il été témoin des faits ? Justifiez votre réponse.

4 Comment Eurydice a-t-elle appris tout d'abord ces événements ?

5 Quelle est la fonction du messager dans cet extrait ?

6 Quelle leçon morale transmet-il à la fin du passage ?

Le dénouement tragique

Le mot « pathétique » vient du grec « pathos » qui signifie « souffrance, passion » ; **le registre pathétique** est destiné à émouvoir. Dans une tragédie, il provoque chez le spectateur terreur et pitié.

Les manifestations de la douleur

7 Comment Eurydice a-t-elle réagi en apprenant ce qui s'était passé ?
Relevez la phrase qui l'indique (l. 34-40).

La description macabre

8 Sur quels détails le messager s'attarde-t-il dans sa description du cadavre de Polynice ? Quel effet veut-il produire ?

Le personnage de Créon

9 Pour quelles raisons le messager trouvait-il le sort de Créon « digne d'envie » ? Comment le considère-t-il à présent ?
Appuyez-vous sur les antithèses, les temps verbaux.

10 Une figure de style : l'oxymore

Un oxymore est une figure d'opposition qui consiste à placer l'un à côté de l'autre deux termes de sens contraire. Ex. : « Cette obscure clarté ».

a. Relevez dans les lignes 1 à 16 un oxymore qui caractérise Créon. Expliquez-le. Quel sentiment Sophocle veut-il provoquer chez le spectateur ?
b. Montrez que le Créon décrit dans cette scène n'a plus rien à voir avec celui de l'extrait précédent. Appuyez-vous sur le champ lexical de la douleur et de la supplication.

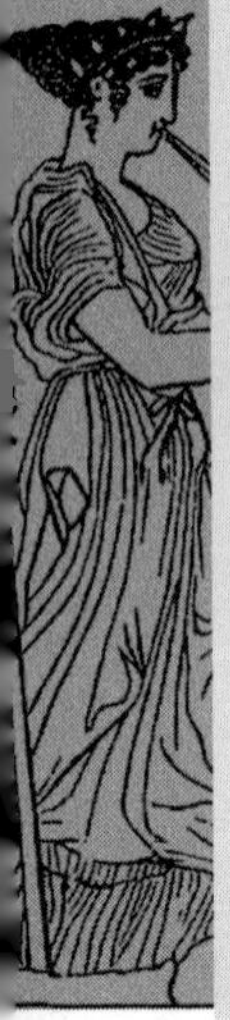

Le sort d'Hémon

11 **a.** Comment la douleur d'Hémon se manifeste-t-elle ?
b. Quel acte fatal le jeune homme commet-il ?

12 **a.** Quel effet produit l'opposition entre le rouge du sang d'Hémon et la pâleur de la joue d'Antigone ?
b. Relevez le champ lexical du mariage. Comment renforce-t-il le tragique ?

Le rôle du sacré

13 **a.** En vous aidant du hors-texte en italique, rappelez pourquoi Créon s'est résolu à enterrer Polynice.
b. En quoi l'accomplissement du rituel funèbre à ce moment précis aura-t-il une incidence tragique sur le sort des personnages ?

14 Quelle punition les dieux ont-ils infligée à Créon ? Pourquoi ?

15 Quelle place les dieux tiennent-ils dans l'extrait ? Citez leurs noms et précisez leur fonction.

Étudier la langue

Vocabulaire : autour du mot « fortune »

16 Quel est le sens du mot « fortune » dans les lignes 3 à 5 ?

17 Donnez le sens des expressions suivantes :

a. faire fortune
b. la fortune sourit aux audacieux
c. utiliser des moyens de fortune
d. coûter une fortune
e. dîner à la fortune du pot
f. subir un revers de fortune
g. faire contre mauvaise fortune bon cœur

Comparer

Antigone d'Anouilh et de Sophocle

18 Dans une édition complète de la pièce d'Anouilh, lisez la scène de la mort d'Antigone et Hémon et comparez-la à celle de Sophocle. Quels sont les points communs ? Les différences ? Laquelle vous semble la plus émouvante ? Pourquoi ?

Sophocle • Cocteau

Le mythe d'Œdipe

Œdipe
et le devin Tirésias.

Œdipe-Roi – Œdipe et Créon

« Le roi tient contre moi d'étranges propos accusateurs… »

La peste a frappé la cité de Thèbes. Le roi Œdipe a envoyé son beau-frère Créon consulter l'oracle d'Apollon à Delphes pour savoir ce qu'il convenait de faire afin de sauver la cité. Créon revient et annonce qu'il faut découvrir qui est le meurtrier de Laïos. Œdipe interroge alors le devin Tirésias qui finit par lui révéler que c'est lui, Œdipe, le coupable qu'on recherche. Refusant de le croire, Œdipe accuse Créon et Tirésias de comploter contre lui pour s'emparer du trône.

CRÉON. – On m'a informé, citoyens, qu'Œdipe le roi tient contre moi d'étranges propos accusateurs, je ne peux les tolérer et me voici. Si vraiment dans les malheurs actuels il se croit ma victime par mes paroles ou par des actes qui lui font du tort, je ne puis vivre ici plus longtemps en portant cet opprobre[1]. Son discours ne me cause pas un simple dommage[2] mais un préjudice[3] terrible si je dois passer dans la cité pour un traître, à tes yeux et à ceux de tous les miens.

LE CORYPHÉE[4]. – Sans doute cet outrage[5] lui est-il venu aux lèvres sous l'effet de la colère et non de sang-froid.

CRÉON. – Son discours laissait bien entendre que c'est pour servir mes intérêts que j'aurais poussé le devin[6] à mentir ?

LE CORYPHÉE. – Il l'a prétendu en effet, mais dans quel esprit ? Je l'ignore.

1. Réprobation, sujet de honte.
2. Tort.
3. Atteinte aux intérêts, tort très grave.
4. Chef du chœur.
5. Grave offense, affront.
6. Tirésias, devin aveugle de Thèbes qui sait interpréter les oracles.

CRÉON. – Avait-il le regard et l'esprit clairs lorsqu'il a proféré[7] cette accusation contre moi ?

LE CORYPHÉE. – Je ne sais. Je n'ai pas d'yeux pour ce que font les puissants. Mais le voici qui sort tout juste du palais.

ŒDIPE. – Toi ici ? Tu es donc venu ? Tu as le front[8] de te présenter à mon palais, toi qui en veux manifestement à ma vie et qui convoites[9] mon trône au vu et au su[10] de tous ? Allons, parle, au nom des dieux, est-ce de la lâcheté ou une folle bêtise que tu as vues en moi pour en arriver à ourdir[11] ce complot contre ma personne ? As-tu pensé que je saurais bien surprendre ton complot rampant et pire que, une fois alerté, je ne saurais l'empêcher ? Quelle folle tentative ! Tu n'as pas le soutien du peuple, tu n'as pas d'amis et tu es à l'affût[12] d'un trône que l'on n'obtient que lorsqu'on a ressources et appuis.

CRÉON. – Sais-tu ce qui te reste à faire ? Me laisser après toi parler à mon tour ! Tu jugeras alors en connaissance de cause.

ŒDIPE. – Tu es un beau parleur et moi un piètre[13] auditeur. Je te trouve lesté[14] de mauvaises intentions.

CRÉON. – Sur ce point précis, écoute ce que j'ai à te dire !

ŒDIPE. – Eh bien oui, précisément, ne prétends pas que tu es innocent !

CRÉON. – Si tu crois que la présomption[15] sans la raison gagnera, tu déraisonnes.

ŒDIPE. – Si tu crois qu'un traître à sa famille échappera à la justice, tu perds la raison.

CRÉON. – J'approuve la justesse de tes propos ! Mais quel tort t'ai-je donc fait subir ? Apprends-le moi.

7. Lancé, dit à haute voix.
8. Tu oses.
9. Qui désires.
10. Ouvertement, sans se cacher.
11. Préparer, tramer.
12. Qui guette l'occasion d'obtenir quelque chose.
13. Médiocre.
14. Chargé, rempli.
15. Supposition, jugement qui ne repose sur aucune preuve.

ŒDIPE. – Oui ou non, m'as-tu convaincu de faire venir notre auguste[16] devin ?

CRÉON. – En effet ! Et je ne change pas de point de vue.

ŒDIPE. – Et depuis combien de temps Laïos[17]...

CRÉON. – A fait quoi ? Je ne saisis pas.

ŒDIPE. – A-t-il disparu, sous la main d'un meurtrier ?

CRÉON. – On pourrait compter bien des temps et bien des années.

ŒDIPE. – À cette époque, notre devin exerçait-il son art ?

CRÉON. – Oui, tout aussi savant et considéré.

ŒDIPE. – Fit-il jamais mention de ma personne ?

CRÉON. – Non jamais, du moins en ma présence.

ŒDIPE. – Vous n'avez donc pas ouvert d'enquête au sujet du mort ?

CRÉON. – Nous l'avons bien sûr fait, mais sans rien trouver.

ŒDIPE. – Pourquoi donc ce savant homme cachait-il alors ce qu'il dévoile aujourd'hui ?

CRÉON. – Je l'ignore. Quand je n'ai pas d'idées claires, je garde volontiers le silence.

ŒDIPE. – Si tu es un homme sensé, tu reconnaîtras au moins un fait...

CRÉON. – Quoi donc ? Si je suis au courant, je ne cèlerai[18] pas la vérité.

ŒDIPE. – S'il n'était pas de connivence[19] avec toi, il ne m'aurait jamais imputé[20] le meurtre de Laïos.

CRÉON. – Vraiment ? S'il a fait cela, toi seul es au courant. À ton tour, s'il te plaît, de répondre à mes demandes.

ŒDIPE. – Pose donc tes questions ! Ce n'est certes pas en moi qu'on trouvera un assassin !

16. Qui inspire le respect.
17. Premier mari de Jocaste, roi de Thèbes avant Œdipe.
18. Cacherai.
19. S'il n'était pas ton complice.
20. Attribué la responsabilité de.

CRÉON. – Dis-moi. Tu as bien épousé ma sœur[21] ?

ŒDIPE. – Je ne peux guère prétendre le contraire !

CRÉON. – Tu règnes donc avec les mêmes droits qu'elle ?

ŒDIPE. – Elle obtient de moi tout ce qu'elle désire.

CRÉON. – Et moi, le troisième de la cité, n'ai-je pas une part égale à la vôtre ?

ŒDIPE. – C'est là justement que tu révèles ta vilénie[22].

CRÉON. – Certes non, si tu consens à y réfléchir avec moi. Examine ce premier point : à ton avis, si l'on peut disposer d'un pouvoir équivalent, a-t-on intérêt à régner en tremblant de peur ou à jouir d'un paisible repos ? Pour ma part je suis désireux non d'être roi mais de vivre comme un roi comme tout homme aux intérêts bien compris. De fait j'obtiens tout de toi sans avoir rien à craindre. Mais si c'était moi qui régnais, que ne devrais-je pas faire contre ma volonté ! À quoi bon préférer le trône à un pouvoir libre de tout souci ? J'ai l'esprit assez lucide pour me contenter des honneurs avec les profits qui les accompagnent ! À cette heure, je suis bien en place, à l'aise avec chacun, tout le monde a plaisir à ma compagnie ; à cette heure, quand on désire te voir, c'est à moi qu'on fait appel et l'on atteint pleinement son but. Comment veux-tu alors que je lâche la proie pour l'ombre ? Entendement[23] ne saurait devenir faiblesse d'esprit ! Non, je n'ai pas caressé cette idée et je ne me serais jamais allié à quiconque agirait de la sorte. Pour t'en convaincre, va à Delphes[24], cherche à savoir si je t'ai correctement rapporté les déclarations de l'oracle[25] ; sur ce, si tu découvres que j'ai participé à un complot, il n'y aura pas une seule voix pour réclamer ma tête mais deux, oui, la mienne et la tienne ! Ne m'accuse pas, à partir d'un avis incertain, sans m'entendre !

21. Jocaste est la sœur de Créon.
22. Mauvaise action.
23. Bon sens.
24. Ville où s'élève le temple d'Apollon dans lequel le dieu rend des oracles par la bouche de la Pythie.
25. La Pythie donne la réponse d'Apollon au fidèle qui le consulte.

C'est une injustice que de considérer sans fondements[26] les méchants pour les bons, et les bons pour les méchants. Chasser un loyal ami revient, à mon sens, à amputer ce qu'on a de plus cher, sa propre vie; mais tu en prendras conscience de façon sûre avec le temps car seul le temps révèle un honnête homme. Un traître, il suffit d'un jour pour le reconnaître.

LE CORYPHÉE. – Celui qui veut se préserver de l'erreur trouvera qu'il a bien parlé, ô roi. Une décision abrupte n'est pas sans risques.

ŒDIPE. – Quand un traître s'apprête secrètement à fondre sur moi, je dois tout aussi vite prendre une décision. Si je reste là tranquillement, il a réussi son coup et moi tout perdu.

CRÉON. – Que veux-tu exactement ? m'exiler de Thèbes ?

ŒDIPE. – Non point. C'est ta mort que je veux, pas ton exil.

CRÉON. – Il faudra d'abord m'exposer les raisons de ta haine.

ŒDIPE. – C'est le langage d'un insoumis, d'un rebelle que tu tiens.

CRÉON. – Tu n'as pas ta tête, je le vois bien.

ŒDIPE. – Mes intérêts avant tout !

CRÉON. – Je dois défendre aussi les miens.

ŒDIPE. – Traître, voilà ce que tu es.

CRÉON. – Et si tu n'avais rien compris ?

ŒDIPE. – Il faudra bien te soumettre !

CRÉON. – Pas à une autorité mauvaise !

ŒDIPE. – Thèbes, ô Thèbes !

CRÉON. – J'ai ma place dans cette ville autant que toi !

26. Sans motif.

Questions

Repérer et analyser

Un prince outragé

1 Qui est Créon ? Rappelez ses liens avec Œdipe et Jocaste.

2 **a.** Pour quelle raison Créon vient-il au palais ?
b. Que reproche-t-il à Œdipe ?

3 Le Coryphée accable-t-il Œdipe ?

La fureur d'Œdipe

4 **a.** Comment Œdipe accueille-t-il Créon ? Quels types de phrases emploie-t-il principalement ?
b. Pourquoi Œdipe est-il en colère ?

5 **a.** Quelles accusations Œdipe formule-t-il à l'encontre de Créon ?
b. Sur quels faits se fonde-t-il pour l'accuser ?

6 **a.** Comment la fureur du roi se manifeste-t-elle ? Quels mots, quelles expressions choisit-il pour qualifier Créon ?
b. Quel châtiment veut-il lui infliger ?

Un plaidoyer

7 Que demande Créon à Œdipe (l. 29-42) ?

8 **a.** Quels arguments Créon avance-t-il pour convaincre Œdipe qu'il n'a aucune envie de devenir roi ?
b. Que pense-t-il du pouvoir royal ? Relevez les phrases qui l'indiquent.

9 Quelle différence Créon fait-il entre « être roi » et « vivre comme un roi » ? Que préfère-t-il ? Pour quelle raison ?

10 Quels reproches Créon formule-t-il à son tour envers Œdipe (l. 99 jusqu'à la fin de l'extrait) ?

La montée du tragique

11 Quelle forme le dialogue prend-il dans ce passage ?

12 **a.** Œdipe a-t-il écouté les arguments de Créon ? Pourquoi ?
b. Le Coryphée a-t-il été, quant à lui, convaincu par ces arguments ? Justifiez votre réponse.

13 Comment le conflit entre Créon et Œdipe se termine-t-il ?

14 « Ce n'est certes pas en moi qu'on trouvera un assassin » (l. 70-71) : en quoi cette affirmation d'Œdipe est-elle tragique ?

Étudier la langue

Grammaire : les propositions subordonnées introduites par *si*

> **Les propositions subordonnées** introduites par *si* peuvent être :
> – des subordonnées interrogatives (Ex. : *Je me demande s'il viendra*) ;
> – des subordonnées conjonctives circonstancielles compléments de condition (Ex. : *S'il vient, je serai content*).

15 « Pour t'en convaincre, va à Delphes, cherche à savoir si je t'ai correctement rapporté les déclarations de l'oracle ; sur ce, si tu découvres que j'ai participé à un complot, il n'y aura pas une seule voix pour réclamer ma tête mais deux. »
Dans cette phrase, identifiez la classe grammaticale de chacune des propositions subordonnées introduites par *si*.

Comparer

Créon chez Sophocle et Anouilh

16 Comparez la position adoptée par Créon envers le pouvoir royal dans cet extrait à son attitude en tant que roi dans l'*Antigone* du même Sophocle (voir p. 44-47). En quoi est-il différent d'une pièce à l'autre ?

17 Montrez que le Créon d'*Œdipe-Roi* est assez proche de celui de l'*Antigone* d'Anouilh (voir p. 9-11 et 29-32).

Œdipe-Roi – Œdipe et Jocaste

« Ô Zeus que veux-tu faire de moi ?... »

Jocaste est sortie du palais afin d'essayer de régler le différend entre Œdipe et Créon. Le chœur et Jocaste réussissent à persuader le roi de condamner Créon à l'exil plutôt qu'à la mort. Jocaste tente ensuite de savoir pour quelle raison Œdipe s'est ainsi emporté.

JOCASTE. – Au nom des dieux, Seigneur, apprends-moi ce qui a provoqué chez toi pareil emportement[1].

ŒDIPE. – Je vais te le dire car je te respecte plus que tous ceux-là. Il s'agit de Créon et de ce qu'il a tramé[2] contre moi.

JOCASTE. – Parle, que je voie clair quant à l'objet de votre querelle.

ŒDIPE. – Le meurtrier de Laïos, il prétend que c'est moi.

JOCASTE. – En est-il lui-même convaincu ou le tient-il de quelqu'un ?

ŒDIPE. – Il a fait parler une canaille de devin en se gardant bien de salir sa propre bouche.

JOCASTE. – Tu peux libérer ton esprit à ce sujet. Écoute-moi ! Tu sauras grâce à moi que le don de divination n'est pas de ce monde. En deux mots, je te le prouve : Laïos reçut un jour un oracle, non point directement d'Apollon, à dire vrai, mais de ses servants[3]. Son destin était de périr de la main d'un fils que nous aurions conçu ensemble. Or, à ce qu'on dit, ce sont des brigands qui l'ont abattu à une croisée de chemins. Quant à l'enfant, il

1. Colère, rage.
2. Comploté.
3. Prêtres.

n'avait pas trois jours que déjà son père lui avait lié les pieds et l'avait fait jeter sur un mont désert. Il s'en suit qu'Apollon n'a pas obtenu que le fils tuât son père ni que Laïos vît s'accomplir l'obsédante horreur d'un parricide[4]. Pourtant son destin était tout tracé par les prophéties ! N'en tiens donc aucun compte. Quand un dieu veut la réalisation d'un oracle, il sait bien en personne le faire savoir !

ŒDIPE. – Ah ! Je t'ai écoutée, femme, et voici qu'un terrible désarroi trouble mon âme et la fait chanceler !

JOCASTE. – Qu'est-ce qui te préoccupe soudain ?

ŒDIPE. – J'ai bien compris que Laïos avait été assassiné à une croisée de chemins ?

JOCASTE. – On a dit cela et on le dit encore.

ŒDIPE. – Et dans quel lieu s'est produit ce malheur ?

JOCASTE. – Il s'agit de la Phocide[5], à l'embranchement des routes de Delphes et de Daulis.

ŒDIPE. – Et combien de temps s'est écoulé depuis ?

JOCASTE. – Un peu avant que ne soit établi ton pouvoir à Thèbes, c'est là que la nouvelle a été apportée.

ŒDIPE. – Ô Zeus que veux-tu faire de moi ? Qu'as-tu prémédité ?

JOCASTE. – Pourquoi es-tu soucieux, Œdipe ?

ŒDIPE. – Ne m'interroge pas encore, parle-moi de Laïos, dis-moi quelle allure il avait, quel âge. Vieux ou jeune ?

JOCASTE. – Grand, la tête commençant à se couvrir d'une chevelure blanche, une allure assez semblable à la tienne.

ŒDIPE. – Hélas malheureux que je suis ! C'est contre moi-même, j'en ai bien l'impression, que, dans l'ignorance, je viens de lancer de terribles malédictions.

4. Meurtre de son père.
5. Région au nord du golfe de Corinthe.

JOCASTE. – Que dis-tu ? J'ose à peine lever les yeux sur toi, Seigneur.

ŒDIPE. – Je crains terriblement que le devin ne soit clairvoyant. Tu vas m'éclairer d'un mot encore.

JOCASTE. – Tu me fais peur, mais dis-moi ce que tu veux savoir et je te répondrai.

ŒDIPE. – Allait-il en modeste[6] équipage ou bien avec une escorte étant donné son rang ?

JOCASTE. – Ils étaient cinq en tout et parmi eux un héraut[7] ; seul Laïos était sur un chariot.

ŒDIPE. – Ah ! Tout s'éclaire. Qui donc, femme, vous en a fait le récit ?

JOCASTE. – Un serviteur, le seul survivant qui soit rentré.

ŒDIPE. – Se trouve-t-il actuellement au palais ?

JOCASTE. – Non. Depuis qu'il est revenu et qu'il t'a vu sur le trône, après la mort de Laïos, il est venu me supplier de l'envoyer aux champs comme pâtre[8] pour être le plus possible éloigné de la ville ; je l'ai donc envoyé là-bas. Il méritait – autant qu'un esclave peut en être digne – cette faveur ou une plus grande encore.

ŒDIPE. – Pourrait-il revenir sur le champ ?

JOCASTE. – Oui bien sûr, mais qu'est-ce qui te pousse à agir ainsi ?

ŒDIPE. – Je crains, femme, d'avoir trop parlé pour mon malheur, voila pourquoi je tiens à le voir.

Œdipe-Roi, Sophocle,
coll. C&Cie Lycée, © Hatier.

6. Simple, sans apparat.
7. Officier qui proclame les messages du roi et qui annonce la venue de ce dernier ; la personne des hérauts était sacrée.
8. Berger.

Questions

Repérer et analyser

Une enquête policière

1 Montrez qu'Œdipe se livre à une véritable enquête policière pour connaître la vérité.

2 **a.** Qui est la victime dans cette enquête ? Qui est le coupable ?
b. Qui est le témoin ? Ce témoin est-il crédible ? Pourquoi ?

3 Pourquoi le serviteur a-t-il demandé, lorsqu'il a vu Œdipe sur le trône, à être envoyé loin de la ville ? Donnez deux explications possibles.

4 **a.** Quel type de phrase domine dans les lignes 28 à 72 ?
b. Montrez comment à chaque question Œdipe se rapproche de la vérité.
c. À quel moment commence-t-il à l'entrevoir ? Citez des termes précis.
d. Veut-il vraiment connaître cette vérité ? Justifiez votre réponse.

La montée du tragique

5 **a.** Que pense Jocaste des oracles et divinations ? Pourquoi ?
b. Pourquoi ses déclarations peuvent-elles être considérées comme impies ?

6 **a.** Dans quel but Jocaste raconte-t-elle à Œdipe la prédiction faite par l'oracle à Laïos ?
b. Quelle partie de l'oracle ne mentionne-t-elle pas ? Pourquoi ?

7 **a.** Relevez dans les paroles de Jocaste des détails qui ne peuvent qu'inquiéter Œdipe.
b. Quelle phrase de Jocaste met le comble au désarroi d'Œdipe ? Jocaste a-t-elle alors conscience de ce qu'elle dit ?

8 Relevez dans les paroles d'Œdipe les mots et expressions qui indiquent que la crainte remplace peu à peu la colère.

Étudier la langue

Grammaire : la phrase interrogative

9 Parmi les trois phrases interrogatives suivantes, laquelle est une interrogation véritable ? Laquelle est une demande de confirmation ? Laquelle est une question rhétorique qui n'attend pas de réponse ?

a. « J'ai bien compris que Laïos avait été assassiné à une croisée des chemins ? »
b. « Et dans quel lieu s'est produit ce malheur ? »
c. « Ô Zeus que veux-tu faire de moi ? »

Écrire

Écrire un retour en arrière

10 Le pâtre est rappelé à la cour. Dans un monologue, il évoque le meurtre de son maître Laïos et se demande avec inquiétude pour quelle raison Jocaste l'a envoyé chercher, et si Œdipe va le reconnaître.

Consignes d'écriture :
– vous ajouterez des didascalies précisant le ton et les gestes du pâtre ;
– vous respecterez ce que dit le texte des circonstances du meurtre.

Enquêter

Les rapports hommes-femmes dans la Grèce antique

11 **a.** Quel terme Jocaste choisit-elle pour s'adresser à Œdipe (l. 1) ? À quel statut ce terme fait-il référence ?
b. Par quel mot Œdipe s'adresse-t-il à Jocaste ? Qu'implique cette façon de la désigner ?
c. Quelle attitude Jocaste adopte-t-elle envers Œdipe ?

12 À la naissance du fils de Laïos et de Jocaste, qui a pris la décision de se débarrasser de l'enfant ?

13 À partir des réponses précédentes et en vous référant aux extraits pages 38-41 et 44-47 du recueil, montrez que dans la civilisation grecque l'homme occupait une position dominante.

Biographie

Jean Cocteau

Jean Cocteau
par Germaine Krull, 1929.

***Jean Cocteau** est né à Maisons-Laffitte le 5 juillet 1889. Il est mort à Milly-la-Forêt le 11 octobre 1963. Issu d'une famille de la grande bourgeoisie qui s'intéresse aux arts, il devient très tôt un personnage à la mode et publie poèmes, articles, dessins. En 1913, la création par Diaghilev du* Sacre du Printemps *de Stravinski influencera toute son œuvre.*

Pendant la Première Guerre mondiale où il s'engage comme ambulancier et durant les années qui suivent, il participe activement à la vie artistique parisienne et se lie notamment avec Apollinaire, Picasso et Satie.

*Son activité créatrice est multiple : poèmes (*Le Cap de Bonne Espérance, *1919), romans (*Thomas l'imposteur, *1923), collaboration avec des musiciens (*Antigone, *musique d'Honneger, 1943) et des peintres.*

*Il écrit pour le théâtre (*La Voix humaine, *1930,* La Machine infernale, *1934...) et le cinéma (*La Belle et la Bête, *1945,* Le Testament d'Orphée, *1960...). Il dessine aussi et il peint.*

En 1955, Jean Cocteau est élu à L'Académie française.

Cocteau s'est beaucoup intéressé aux mythes antiques, particulièrement au poète Orphée et au roi Œdipe. La source de La Machine infernale *est l'*Œdipe-Roi *de Sophocle.*

Dans cette pièce, Cocteau développe le thème d'une machine infernale et implacable, métaphore du destin, lancée par les Dieux contre la famille des Labdacides.

***La Machine infernale* – Œdipe et le Sphinx**

« Moi, je m'appelle Œdipe ; j'ai dix-neuf ans... »

Au premier acte, le fantôme de Laïus, père d'Œdipe, se manifeste devant deux soldats à qui il demande d'avertir la reine Jocaste qu'un danger la menace. Mais l'un des soldats persuade l'autre de ne rien dire. Le décor change au deuxième acte : sur la route de Thèbes, près des décombres d'un temple, une jeune fille en robe blanche, le Sphinx en réalité, explique à Anubis qu'elle est lasse de donner la mort à ceux qui ne savent pas répondre à l'énigme qu'elle leur pose. Puis elle engage la conversation avec une femme qui passe sur la route avec deux de ses enfants et l'avertit du péril qu'elle court si elle rencontre le Sphinx. Après le départ de cette femme, un autre voyageur se présente : c'est Œdipe.

LE SPHINX. – Un émule[1] ? Vous cherchez donc le Sphinx ?

ŒDIPE. – Si je le cherche ! Sachez que depuis un mois je marche sans fatigue, et c'est pourquoi j'ai dû manquer de savoir-vivre, car j'étais si fiévreux en approchant de Thèbes que j'eusse crié mon enthousiasme à n'importe quelle colonne, et voilà que, au lieu d'une colonne, une jeune fille blanche[2] se dresse sur ma route. Alors je n'ai pu m'empêcher de l'entretenir[3] de ce qui me préoccupe et de lui prêter les mêmes intentions qu'à moi.

LE SPHINX. – Mais, dites, il me semble que, tout à l'heure, en me voyant surgir de l'ombre, vous paraissiez mal sur vos gardes, pour un homme qui souhaite se mesurer avec l'ennemi.

1. Personne qui cherche à égaler quelqu'un d'autre.

2. Le Sphinx a pris l'apparence d'une jeune fille vêtue d'une robe blanche.

3. Parler avec, discuter.

ŒDIPE. – C'est juste ! Je rêvais de gloire, et la bête m'eût pris en défaut. Demain, à Thèbes, je m'équipe, et la chasse commence.

LE SPHINX. – Vous aimez la gloire ?

ŒDIPE. – Je ne sais pas si j'aime la gloire ; j'aime les foules qui piétinent, les trompettes, les oriflammes[4] qui claquent, les palmes[5] qu'on agite, le soleil, l'or, la pourpre[6], le bonheur, la chance, vivre enfin !

LE SPHINX. – Vous appelez cela vivre.

ŒDIPE. – Et vous ?

LE SPHINX. – Moi non. J'avoue avoir une idée toute différente de la vie.

ŒDIPE. – Laquelle ?

LE SPHINX. – Aimer. Être aimé de qui on aime.

ŒDIPE. – J'aimerai mon peuple, il m'aimera.

LE SPHINX. – La place publique n'est pas un foyer.

ŒDIPE. – La place publique n'empêche rien. À Thèbes le peuple cherche un homme. Si je tue le Sphinx je serai cet homme. La reine Jocaste est veuve, je l'épouserai…

LE SPHINX. – Une femme qui pourrait être votre mère !

ŒDIPE. – L'essentiel est qu'elle ne le soit pas.

LE SPHINX. – Croyez-vous qu'une reine et qu'un peuple se livrent au premier venu ?

ŒDIPE. – Le vainqueur du Sphinx serait-il le premier venu ? Je connais la réponse. La reine lui est promise. Ne riez pas, soyez bonne… Il faut que vous m'écoutiez. Il faut que je vous prouve que mon rêve n'est pas un simple rêve. Mon père est roi de Corinthe. Mon père et ma mère me mirent au monde lorsqu'ils étaient déjà vieux, et j'ai vécu dans une cour maussade.

4. Bannières, drapeaux de cérémonie longs et effilés.
5. Feuilles de palmier symbolisant la victoire.
6. Couleur que portent les empereurs et les rois.

Trop de caresses, de confort excitaient en moi je ne sais quel démon d'aventures. Je commençais de languir[7], de me consumer, lorsqu'un soir un ivrogne me cria que j'étais un bâtard et que j'usurpais[8] la place d'un fils légitime. Il y eut des coups, des insultes ; et le lendemain, malgré les larmes de Mérope et de Polybe[9], je décidai de visiter les sanctuaires et d'interroger les dieux. Tous me répondirent par le même oracle : Tu assassineras ton père et tu épouseras ta mère.

LE SPHINX. – Hein ?

ŒDIPE. – Oui… oui… Au premier abord cet oracle suffoque, mais j'ai la tête solide. Je réfléchis à l'absurdité de la chose, je fis la part des dieux et des prêtres et j'arrivai à cette conclusion : ou l'oracle cachait un sens moins grave qu'il s'agissait de comprendre, ou les prêtres, qui correspondent de temple en temple par les oiseaux, trouvaient un avantage à mettre cet oracle dans la bouche des dieux et à m'éloigner du pouvoir. Bref j'oubliai vite mes craintes et, je l'avoue, je profitai de cette menace de parricide[10] et d'inceste[11] pour fuir la cour et satisfaire ma soif d'inconnu.

LE SPHINX. – C'est mon tour de me sentir étourdie. Je m'excuse de m'être un peu moquée de vous. Vous me pardonnez, prince ?

ŒDIPE. – Donnons-nous la main. Puis-je vous demander votre nom ? Moi, je m'appelle Œdipe ; j'ai dix-neuf ans.

LE SPHINX. – Qu'importe ! Laissez mon nom, Œdipe. Vous devez aimer les noms illustres… Celui d'une petite fille de dix-sept ans ne vous intéresserait pas.

ŒDIPE. – Vous êtes méchante.

7. Dépérir.
8. Je m'appropriais sans en avoir le droit.
9. Reine et roi de Corinthe, parents adoptifs d'Œdipe.
10. Celui qui tue son père.
11. Relations sexuelles avec quelqu'un de sa famille proche (père, mère, frère, sœur…).

LE SPHINX. – Vous adorez la gloire. Et pourtant la manière la plus sûre de déjouer l'oracle ne serait-elle pas d'épouser une femme plus jeune que vous ?

ŒDIPE. – Voici une parole qui ne vous ressemble pas. La parole d'une mère de Thèbes où les jeunes gens à marier se font rares.

LE SPHINX. – Voici une parole qui ne vous ressemble pas, une parole lourde et vulgaire.

ŒDIPE. – Alors j'aurais couru les routes, franchi des montagnes et des fleuves pour prendre une épouse qui deviendra vite un Sphinx, pire que le Sphinx, un Sphinx à mamelles et à griffes !

LE SPHINX. – Œdipe…

ŒDIPE. – Non pas ! Je tenterai ma chance. Prenez cette ceinture, elle vous permettra de venir jusqu'à moi lorsque j'aurai tué la bête.

Jeu de scène.

LE SPHINX. – Avez-vous déjà tué ?

ŒDIPE. – Une fois. C'était au carrefour où les routes de Delphes et de Daulie[12] se croisent. Je marchais comme tout à l'heure. Une voiture approchait conduite par un vieillard, escorté de quatre domestiques. Comme je croisais l'attelage, un cheval se cabre, me bouscule et me jette contre un des domestiques. Cet imbécile lève la main sur moi. J'ai voulu répondre avec mon bâton, mais il se courbe et j'attrape le vieillard à la tempe. Il tombe. Les chevaux s'emballent, ils le traînent. Je cours après : les domestiques épouvantés se sauvent ; et je me retrouve seul avec le cadavre d'un vieillard qui saigne, et des chevaux empêtrés qui se roulent en hennissant et en cassant leurs jambes. C'était atroce… atroce…

12. Villes de Grèce. C'est à Delphes que se trouve l'Oracle d'Apollon.

LE SPHINX. – Oui, n'est-ce pas… c'est atroce de tuer…

ŒDIPE. – Ma foi, ce n'était pas ma faute, et je n'y pense plus. Il importe que je saute les obstacles, que je porte des œillères, que je ne m'attendrisse pas. D'abord mon étoile.

LE SPHINX. – Alors, adieu Œdipe. Je suis du sexe qui dérange les héros. Quittons-nous, je crois que nous n'aurions plus grand-chose à nous dire.

ŒDIPE. – Déranger les héros ! Vous n'y allez pas de main morte.

LE SPHINX. – Et… si le Sphinx vous tuait ?

ŒDIPE. – Sa mort dépend, si je ne me trompe, d'un interrogatoire auquel je devrai répondre. Si je devine, il ne me touche même pas, il meurt.

LE SPHINX. – Et si vous ne devinez pas ?

ŒDIPE. – J'ai fait, grâce à ma triste enfance, des études qui me procurent bien des avantages sur les garnements de Thèbes.

LE SPHINX. – Vous m'en direz tant !

ŒDIPE. – Et je ne pense pas que le monstre naïf s'attende à se trouver face à face avec l'élève des meilleurs lettrés de Corinthe.

LE SPHINX. – Vous avez réponse à tout. Hélas ! car, vous l'avouerai-je, Œdipe, j'ai une faiblesse : les faibles me plaisent et j'eusse aimé vous prendre en défaut.

ŒDIPE. – Adieu.

Extrait de l'acte II

Questions

Repérer et analyser

La rencontre avec le Sphinx

Une double méprise

1 Sous quelle apparence le Sphinx se présente-t-il ? Œdipe se méfie-t-il de ce personnage ?

2 Quel type de relation Œdipe cherche-t-il à établir avec lui ? Quel objet lui donne-t-il ? Pourquoi ?

3 Comment réagit le Sphinx lorsqu'il apprend que le jeune homme est le prince de Corinthe ?

Deux conceptions de la vie

4 Pourquoi Œdipe veut-il affronter le Sphinx ? De quoi rêve-t-il ? Citez ses paroles.

5 **a.** Quelle image Œdipe se fait-il du mariage (l. 26-30 et 77-80) ?
b. Quel intérêt a-t-il d'épouser Jocaste, même si elle a l'âge d'être sa mère ?

6 Qu'est-ce que vivre pour Œdipe ? Et pour le Sphinx ?

La mise en place du tragique

La fatalité

7 **a.** Quel personnage révèle tout d'abord à Œdipe la vérité sur ses origines ? Est-il crédible ? Pourquoi ?
b. Quelle interprétation le jeune homme donne-t-il ensuite des paroles de l'oracle ? Les prend-il au sérieux ? Citez le texte pour répondre.
c. Œdipe est-il conscient du destin qui pèse sur lui ?

8 Pourquoi Œdipe est-il parti de Corinthe ? Est-ce seulement à cause de la prédiction ? Justifiez votre réponse.

9 **a.** Quel conseil le Sphinx donne-t-il à Œdipe pour le détourner de son destin ?
b. Quelle dernière tentative essaie-t-il pour le sauver ?

10 En quoi réside l'ironie de la phrase que prononce Œdipe : « L'essentiel est qu'elle ne le soit pas (l. 32) » ?

Œdipe, un jeune homme ambitieux

11 Quel est l'âge d'Œdipe ? Relevez des passages qui soulignent sa jeunesse et son insouciance.

12 Quel est son état d'esprit lorsqu'il s'approche de Thèbes ? Montrez qu'il en devient imprudent.

13 Œdipe se sent-il coupable d'avoir tué un vieillard ? Que dit-il à ce sujet ?

14 **a.** Relevez dans les paroles d'Œdipe au début (l. 1-59) et à la fin du passage (l.100-123) des marques de son orgueil.
b. A-t-il les qualités d'un héros de l'Antiquité ?

La modernisation du mythe

15 Comment Cocteau a-t-il modernisé l'épisode du Sphinx ? Étudiez les personnages et leur relation.

16 **a.** Relevez dans les lignes 9 à 17, les termes appartenant au registre de la tragédie.
b. À quel niveau de langue les expressions « Hein ? » (l. 49), « j'ai la tête solide » (l. 51), « Vous n'y allez pas de main morte » (l. 106-107) appartiennent-elles ?
c. Quel est l'effet produit par l'ensemble ?

Étudier la langue

Vocabulaire : autour du mot « parricide » (l. 58)

Le mot « parricide » est formé de l'élément latin *-cide* signifiant « qui tue ».

17 Qu'est-ce qu'un parricide ?

18 Trouvez les mots correspondant à ces définitions :
a. qui tue son frère ou sa sœur
b. qui tue les mauvaises herbes
c. qui extermine un peuple
d. qui tue les insectes
e. qui tue un roi
f. qui tue un homme ou une femme

Écrire

Écrire un monologue

19 Dans un monologue d'une vingtaine de lignes, le Sphinx, seul sur scène, explique pourquoi il ne veut plus de ce rôle de monstre auquel les dieux l'ont contraint. Il cherche comment échapper à sa propre fatalité.

Consignes d'écriture :
– vous commencerez votre texte par : « Tuer… toujours tuer… Ça commence à bien faire… » ;
– vous argumenterez et direz quelle vie ou quel destin le Sphinx préférerait avoir, notamment depuis qu'il a rencontré Œdipe.

Histoire des arts

Les vases grecs

20 Faites des recherches sur les vases grecs et leurs techniques de fabrication (façonnage, cuisson…).

***Œdipe et le Sphinx*, lécythe à figures noires, vers 470 av. J.-C., Ht : 32 cm, Paris, Musée du Louvre.**

La Machine infernale – La culpabilité d'Œdipe

« J'ai perpétué ce qu'il ne fallait pas… »

L'énigme du Sphinx est résolue. Œdipe épouse Jocaste et devient roi de Thèbes mais le devin Tirésias annonce que les présages sont funestes. Dix-sept ans ont passé. Une épidémie de peste ravage la cité de Thèbes. Un messager arrive alors de Corinthe pour annoncer à Œdipe la mort naturelle de celui qu'il pense être son père, Polybe. Œdipe croit avoir déjoué la prédiction de l'oracle…

LE MESSAGER. – J'aurais dû commencer par la fin. À son lit de mort, le roi de Corinthe m'a chargé de vous apprendre que vous n'étiez que son fils adoptif.

ŒDIPE. – Quoi ?

LE MESSAGER. – Mon père, un berger de Polybe[1], vous trouva jadis, sur une colline, exposé aux bêtes féroces. Il était pauvre ; il porta sa trouvaille[2] à la reine qui pleurait de n'avoir pas d'enfant. C'est ce qui me vaut l'honneur de cette mission extraordinaire à la cour de Thèbes.

TIRÉSIAS[3]. – Ce jeune homme doit être épuisé par sa course et il a traversé notre ville pleine de miasmes[4] impurs ; ne vaudrait-il pas mieux qu'il se rafraîchisse, qu'il se repose, et vous l'interrogeriez après.

ŒDIPE. – Vous voulez que le supplice dure, Tirésias ; vous croyez que mon univers s'écroule. Vous me connaissez mal. Ne vous réjouissez pas trop vite. Peut-être suis-je heureux, moi, d'être un fils de la chance.

1. Roi de Corinthe, père adoptif d'Œdipe.
2. Ce qu'il avait trouvé.
3. Grand prêtre de Thèbes, devin aveugle.
4. Émanations dangereuses de matières qui sont en train de pourrir.

TIRÉSIAS. – Je vous mettais en garde contre votre habitude néfaste[5] d'interroger, de savoir, de comprendre tout.

ŒDIPE. – Parbleu ! Que je sois fils des muses ou d'un chemineau[6], j'interrogerai sans crainte ; je saurai les choses.

JOCASTE. – Œdipe, mon amour, il a raison. Tu t'exaltes… tu t'exaltes… tu crois tout ce qu'on te raconte et après…

ŒDIPE. – Par exemple ! C'est un comble ! Je reçois sans broncher[7] les coups les plus rudes, et chacun se ligue[8] pour que j'en reste là et que je ne cherche pas à connaître mes origines.

JOCASTE. – Personne ne se ligue… mon chéri… mais je te connais…

ŒDIPE. – Tu te trompes, Jocaste. On ne me connaît plus, ni toi, ni moi, ni personne… (*Au messager.*) Ne tremble pas, petit. Parle ! Parle encore.

LE MESSAGER. – Je ne sais rien d'autre, seigneur Œdipe, sinon que mon père vous délia presque mort, pendu par vos pieds blessés à une courte branche.

ŒDIPE. – Les voilà donc ces belles cicatrices.

JOCASTE. – Œdipe, Œdipe… remonte… On croirait que tu aimes fouiller tes plaies avec un couteau.

ŒDIPE. – Voilà donc mes langes[9] !… Mon histoire de chasse[10]… fausse comme tant d'autres. Eh bien, ma foi ! Il se peut que je sois né d'un dieu sylvestre[11] et d'une dryade[12] et nourri par des louves. Ne vous réjouissez pas trop vite, Tirésias.

TIRÉSIAS. – Vous êtes injuste…

ŒDIPE. – Au reste, je n'ai pas tué Polybe, mais… j'y songe… j'ai tué un homme.

5. Mauvaise, qui peut avoir des conséquences nuisibles.
6. Vagabond qui parcourt les chemins et les routes.
7. Sans manifester son désaccord.
8. Unit ses forces contre…
9. Tissu, linge dans lequel on emmaillote les bébés.
10. Ses parents adoptifs ont raconté à Œdipe que les cicatrices qu'il avait aux pieds provenaient d'un accident de chasse : un sanglier aurait foncé sur la nourrice qui portait Œdipe et aurait blessé l'enfant.
11. Dieu des forêts.
12. Nymphe des arbres et des bois.

JOCASTE. – Toi ?

ŒDIPE. – Moi ! Oh ! rassurez-vous, c'était accidentel et pure malchance. Oui, j'ai tué, devin, mais le parricide[13], il faut y renoncer d'office[14]. Pendant une rixe[15] avec des serviteurs, j'ai tué un vieillard qui voyageait, au carrefour de Daulie et de Delphes[16].

JOCASTE. – Au carrefour de Daulie et de Delphes !...

Elle disparaît, comme on se noie.

ŒDIPE. – Voilà de quoi fabriquer une magnifique catastrophe. Ce voyageur devait être mon père. « Ciel, mon père ! » Mais, l'inceste[17] sera moins commode, messieurs. Qu'en penses-tu, Jocaste ?... (*Il se retourne et voit que Jocaste a disparu.*) Parfait ! Dix-sept années de bonheur, de règne sans tache, deux fils, deux filles, et il suffit que cette noble dame apprenne que je suis l'inconnu (qu'elle aima d'abord) pour me tourner le dos. Qu'elle boude ! Qu'elle boude ! Je resterai donc tête à tête avec mon destin.

CRÉON. – Ta femme est malade, Œdipe. La peste nous démoralise tous. Les dieux punissent la ville et veulent une victime. Un monstre se cache parmi nous. Ils exigent qu'on le découvre et qu'on le chasse. Chaque jour la police échoue et les cadavres encombrent les rues. Te rends-tu compte des efforts que tu exiges de Jocaste ? Te rends-tu compte que tu es un homme et qu'elle est une femme, une femme âgée, une mère inquiète de la contagion ? Avant de reprocher à Jocaste un geste d'humeur, tu pourrais lui trouver des excuses.

ŒDIPE. – Je te sens venir, beau-frère. La victime idéale, le monstre qui se cache... De coïncidences en coïncidences... ce serait du beau travail, avec l'aide des prêtres et de la police,

13. Meurtre du père.
14. Impérativement, sans hésiter.
15. Bagarre.
16. Villes de Grèce. C'est à Delphes que se trouve l'Oracle d'Apollon.
17. Relations sexuelles avec quelqu'un de sa famille proche (père, mère, frère, sœur...).

d'arriver à embrouiller le peuple de Thèbes et à lui laisser croire que c'est moi.

CRÉON. – Vous êtes absurde !

ŒDIPE. – Je vous crois capable du pire, mon ami. Mais Jocaste c'est autre chose... Son attitude m'étonne. (*Il appelle.*) Jocaste ! Jocaste ! Où es-tu ?

TIRÉSIAS. – Ses nerfs semblaient à bout ; elle se repose... laissez-la tranquille.

ŒDIPE. – Je vais... (*Il s'approche du jeune garde.*) Au fait... au fait...

LE MESSAGER. – Monseigneur !

ŒDIPE. – Les pieds troués... liés... sur la montagne... Comment n'ai-je pas compris tout de suite !... Et moi qui me demandais pourquoi Jocaste...
Il est dur de renoncer aux énigmes... Messieurs, je n'étais pas un fils de dryade. Je vous présente le fils d'une lingère[18], un enfant du peuple, un produit de chez vous.

CRÉON. – Quel est ce conte ?

ŒDIPE. – Pauvre, pauvre Jocaste ! Sans le savoir, je lui ai dit un jour ce que je pensais de ma mère... Je comprends tout maintenant. Elle doit être terrifiée, désespérée. Bref... attendez-moi. Il est capital que je l'interroge, que rien ne reste dans l'ombre, que cette mauvaise farce prenne fin.

Il sort par la porte du milieu. Aussitôt Créon se dépêche d'aller au messager, de l'entraîner et de le faire disparaître par la gauche.

CRÉON. – Il est fou ! Quelle est cette histoire ?

TIRÉSIAS. – Ne bougez pas. Un oracle arrive du fond des siècles. La foudre vise cet homme, et je vous demande, Créon,

18. Troublée par les cicatrices qu'elle a vues sur les pieds d'Œdipe le soir de leur mariage, Jocaste lui a raconté ce qui était arrivé à son propre fils tout en prétendant qu'il s'agissait du fils d'une lingère, sa sœur de lait.

de laisser la foudre suivre ses caprices, d'attendre immobile, de ne vous mêler de rien.

Tout à coup on voit Œdipe à la logette[19]*, déraciné, décomposé, appuyé d'une main contre la muraille.*

ŒDIPE. – Vous me l'avez tuée…

CRÉON. – Tuée ?

ŒDIPE. – Vous me l'avez tuée… Elle est là… Pendue… pendue à son écharpe… Elle est morte… messieurs, elle est morte… c'est fini… fini.

CRÉON. – Morte ! Je monte…

TIRÉSIAS. – Restez… le prêtre vous l'ordonne. C'est inhumain, je le sais ; mais le cercle se ferme ; nous devons nous taire et rester là.

CRÉON. – Vous n'empêcherez pas un frère…

TIRÉSIAS. – J'empêcherai ! Laissez la fable tranquille. Ne vous en mêlez pas.

ŒDIPE, *à la porte*. – Vous me l'avez tuée… elle était romanesque… faible… malade… vous m'avez poussé à dire que j'étais un assassin… Qui ai-je assassiné messieurs, je vous le demande ?… par maladresse, par simple maladresse… un vieillard… un vieillard sur la route… un inconnu.

TIRÉSIAS. – Œdipe : Vous avez assassiné par maladresse l'époux de Jocaste, le roi Laïus.

ŒDIPE. – Misérables !… Mes yeux s'ouvrent ! Votre complot continue[20]… c'était pire encore que je ne le croyais… Vous avez insinué à ma pauvre Jocaste que j'étais l'assassin de Laïus… que j'avais tué le roi pour la rendre libre, pour devenir son époux.

TIRÉSIAS. – Vous avez assassiné l'époux de Jocaste, Œdipe, le roi Laïus. Je le savais de longue date, et vous mentez : ni à vous,

19. Petite terrasse, loggia.
20. Depuis qu'Œdipe est arrivé en vainqueur à Thèbes, il est persuadé que Tirésias et Créon complotent contre lui.

ni à elle, ni à Créon, ni à personne je ne l'ai dit. Voilà comment vous reconnaissez mon silence.

ŒDIPE. – Laïus !… Alors voilà… le fils de Laïus et de la lingère ! Le fils de la sœur de lait de Jocaste et de Laïus.

TIRÉSIAS, *à Créon.* – Si vous voulez agir, ne tardez pas. Dépêchez-vous. La dureté même a des limites.

CRÉON. – Œdipe, ma sœur est morte par votre faute. Je ne me taisais que pour préserver Jocaste. Il me semble inutile de prolonger outre mesure de fausses ténèbres, le dénouement d'un drame abject[21] dont j'ai fini par découvrir l'intrigue.

ŒDIPE. – L'intrigue ?…

CRÉON. – Les secrets les plus secrets se livrent un jour à celui qui les cherche. L'homme intègre[22] qui jure le silence parle à sa femme, qui parle à une amie intime et ainsi de suite. (*En coulisse.*) Entre, berger.

Paraît un vieux berger qui tremble.

ŒDIPE. – Quel est cet homme ?

CRÉON. – L'homme qui t'a porté blessé et lié sur la montagne d'après les ordres de ta mère. Qu'il avoue.

LE BERGER. – Parler m'aurait valu la mort. Princes, que ne suis-je mort afin de ne pas vivre cette minute.

ŒDIPE. – De qui suis-je le fils, bonhomme ? Frappe, frappe vite.

LE BERGER. – Hélas !

ŒDIPE. – Je suis près d'une chose impossible à entendre.

LE BERGER. – Et moi… d'une chose impossible à dire.

CRÉON. – Il faut la dire. Je le veux.

LE BERGER. – Tu es le fils de Jocaste, ta femme, et de Laïus tué par toi au carrefour des trois routes. Inceste et parricide, les dieux te pardonnent.

21. Ignoble.

22. Honnête.

ŒDIPE. – J'ai tué celui qu'il ne fallait pas. J'ai épousé celle qu'il ne fallait pas. J'ai perpétué[23] ce qu'il ne fallait pas. Lumière est faite…

Il sort.
Créon chasse le berger.

Extrait de l'acte IV

La Machine infernale, Jean Cocteau,

Illustration de Jean Cocteau pour sa pièce *La Machine infernale*, encre et crayon sur papier, Paris, Bibliothèque Littéraire Jacques Doucet.

23. Accompli, continué.

Questions

Repérer et analyser

Œdipe face à la vérité

La révélation

1 **a.** Quels sont les personnages en présence ?
b. Quels liens familiaux existent entre certains d'entre eux ?

2 **a.** Quelles différentes révélations sont faites aux personnages dans cette scène ?
b. Par qui sont-elles faites ?

La contestation orgueilleuse

3 Montrez qu'Œdipe cherche dans un premier temps des échappatoires.
a. Sur quel ton mentionne-t-il le meurtre du voyageur (l. 43 à 50) ?
b. Semble-t-il affecté par l'acte qu'il a commis ? Justifiez votre réponse.
c. Comment appelle-t-il ce meurtre (l. 43-50 et 119-123) ?
d. Comment comprenez-vous l'exclamation : « Le fils de Laïus et de la lingère ! » (l. 134) ?

L'acceptation courageuse

4 **a.** À quel moment et à la suite de quelle parole de Créon Œdipe cesse-t-il de contester l'accusation portée contre lui ?
b. Montrez en citant le texte qu'Œdipe a dès lors hâte de savoir la vérité.
c. Le spectateur connaît-il cette vérité ? Quelles émotions ressent-il à ce moment de la pièce ?

Le tragique

Une mise en accusation tragique

5 De quoi Œdipe est-il accusé ?

6 **a.** Quel personnage remplit le rôle d'un témoin à charge, apportant la preuve irréfutable de la culpabilité d'Œdipe ?
b. Montrez en citant le texte que Créon et Tirésias se comportent comme des avocats de l'accusation.

Le dénouement tragique

7 **a.** Quels détails amènent Jocaste à tout comprendre avant Œdipe ?
b. Qu'advient-il d'elle ?
c. Quelle est l'importance de la didascalie « *Elle disparaît, comme on se noie* » ?

8 **a.** Comment Œdipe interprète-t-il d'abord la sortie de Jocaste (l. 56-61) ?
b. Qui accuse-t-il ensuite de la mort de Jocaste ?
c. Quels sentiments Œdipe éprouve-t-il devant sa mort ? Quels procédés de style traduisent ces sentiments (l. 109-111) ?

La fatalité tragique

9 **a.** Montrez en vous appuyant sur les paroles de Tirésias que ce personnage est ici le porte-parole des dieux (l. 101 à la fin du passage) et aussi le metteur en scène de la révélation finale.
b. Pourquoi le devin est-il aveugle ?

10 Montrez que l'oracle s'est inexorablement accompli.

11 **a.** Pourquoi Cocteau a-t-il titré sa pièce : *La Machine infernale* ?
b. Un homme peut-il déjouer le destin ordonné par les dieux ?
Que ressent le spectateur à la fin de la pièce ?

Étudier la langue

Conjugaison : le subjonctif

12 **a.** Dans ces phrases, relevez les verbes au subjonctif, précisez leur infinitif et leur temps : subjonctif présent ou passé.
a. « Que je sois fils des muses ou d'un chemineau, j'interrogerai sans crainte, je saurai les choses. » (l. 20-21) – b. « Il se peut que je sois né d'un dieu sylvestre et d'une dryade et nourri par des louves. » (l. 39-41) – c. « Qu'il avoue. » (l. 150) – d. « Inceste et parricide, les dieux te pardonnent. » (l. 160-161)
b. Quelle phrase comporte un subjonctif sans « que » ?
c. Donnez la valeur de chaque subjonctif : possibilité, souhait, ordre, concession.

Comparer

Sophocle et Cocteau

13 Comparez cet extrait au texte de Sophocle (p. 65-67).

a. Œdipe découvre-t-il la vérité sur le meurtre de Laïos de la même façon ?

b. Les réactions et les sentiments d'Œdipe sont-ils semblables ?

Se documenter

Œdipe-Roi de Sophocle

Dans l'acte IV de *La Machine infernale*, Jean Cocteau reprend l'histoire de la pièce de Sophocle, *Œdipe-Roi*. La dernière réplique qu'Œdipe prononce (voir p. 85) s'inspire de celle que Sophocle met dans la bouche de son personnage : « Hélas, trois fois hélas ! Tout serait donc parfaitement accompli ! Ô lumière du jour, laisse-moi élever vers toi un ultime regard, moi qui suis mis à nu : fils de qui je ne devais pas naître, époux de celle qui m'était interdite, meurtrier de celui que je n'avais pas le droit de tuer. » (Trad. de Françoise Mähl-Bournay, « C&Cie », Éd. Hatier).

Charles François Jalabert (1819-1901), *Œdipe et Antigone ou La peste de Thèbes*, huile sur toile, 115 x 147 cm, Marseille, Musée des Beaux-Arts.

Synthèse littéraire

L'histoire des Labdacides

1 Quels épisodes des mythes d'Œdipe et Antigone sont évoqués dans les extraits que vous avez étudiés ? Classez-les par ordre chronologique.

2 Dans quelle cité les quatre pièces de théâtre se déroulent-elles ?

3 Dans les deux pièces *Antigone* de Sophocle et d'Anouilh :

a. Quel événement tragique précède le début de l'action ?

b. Quel est le sujet de ces deux pièces ?

c. Quel en est le dénouement ?

4 Sophocle et Anouilh ont tous deux écrit une scène entre Antigone et sa sœur Ismène : dans laquelle de ces deux scènes la dimension tragique vous semble-t-elle la plus intense ? Pour quelle raison ?

Les personnages

5 **a.** Quelles sont les principales caractéristiques physiques et morales d'Antigone dans la pièce d'Anouilh ? Quelles valeurs défend-elle ?

b. À quelles lois Antigone obéit-elle chez Sophocle ?

6 Quels sont les principaux traits de caractère d'Œdipe chez Cocteau ? En dix-sept ans, le personnage a-t-il évolué ?

7 **a.** Quels sont les liens familiaux entre Créon et Antigone ?

b. Quel événement devrait les rapprocher ?

c. Quelle attitude Créon adopte-t-il envers Antigone chez Sophocle ? A-t-il la même attitude chez Anouilh ? Justifiez votre réponse.

8 **a.** Quels sont les liens entre Œdipe et Créon ?

b. Quels rapports Œdipe entretient-il avec Créon dans *Œdipe-Roi* ? Comment Créon réagit-il face à l'attitude qu'adopte Œdipe envers lui ?

La fatalité

9 **a.** Qu'est-ce que la « machine infernale » ? Peut-on appliquer cette expression aux pièces de Sophocle et Anouilh ?

b. Comment Œdipe cherche-t-il néanmoins à échapper à son destin ?

10 **a.** Quels personnages ont tenté de s'opposer aux dieux dans les quatre tragédies ? Ont-ils réussi ? Que leur est-il arrivé ?

b. Les quatre tragédies accordent-elles la même importance aux dieux ?

L'héritage de Sophocle

11 **a.** Quels éléments montrent que Cocteau et Anouilh ont été fidèles aux pièces de Sophocle ?
b. Comment Cocteau et Anouilh ont-ils modernisé les mythes d'Œdipe et d'Antigone ?
c. Quel est l'intérêt de cette modernisation ?

12 La pièce *Antigone* de Sophocle comme celle d'Anouilh, est régulièrement jouée et toujours avec succès. En quoi les personnages comme les thèmes de cette pièce peuvent-ils intéresser le public d'aujourd'hui ?

Atelier jeu

Mots emmêlés

13 **a.** Retrouvez dans cette grille les 11 mots emmêlés proposés ci-dessous illustrant les mythes d'Antigone et d'Œdipe. Les mots se lisent aussi bien de la gauche vers la droite que de la droite vers la gauche, de bas en haut ou de haut en bas : *Jocaste*, *Laïos*, *Thèbes*, *Créon*, *chœur*, *Œdipe*, *Hémon*, *Cocteau*, *Sphinx*, *Anouilh*, *édit*.
b. Formez ensuite un nouveau mot avec les 9 lettres restantes. Ce nom commun a un rapport avec la mort d'Antigone.

P	E	T	S	A	C	O	J
L	N	O	M	E	H	C	U
E	P	I	D	E	O	S	S
N	O	E	R	C	E	O	E
E	D	I	T	R	U	I	B
S	E	E	U	E	R	A	E
T	A	N	O	U	I	L	H
U	X	N	I	H	P	S	T

Antigone, Œdipe et les arts

L'histoire d'Œdipe et Antigone a inspiré de nombreuses œuvres d'art de l'Antiquité à nos jours, dans des domaines très divers : céramique, sculpture, peinture, littérature, musique, cinéma...

La céramique

La céramique apporte un témoignage essentiel sur la vie des Grecs de l'Antiquité. Vers le VIIe siècle av. J.-C., on commence à représenter des figures humaines. On distingue deux techniques de décoration :
– la plus ancienne consiste à peindre et graver des figures noires sur fond de terre cuite ; les retouches sont blanches et rouges ;
– puis apparaît la technique de la figure rouge sur fond noir : les peintres enduisent le vase de vernis noir à l'exception des figures qui, laissées en réserve, gardent, après cuisson, la couleur de l'argile. L'artiste travaille ensuite les détails au pinceau.
L'épisode de la rencontre d'Œdipe et du Sphinx est un motif récurrent ainsi qu'en attestent plusieurs vases parmi lesquels un lécythe (vase à forme allongée, contenant des huiles parfumées et destiné à la toilette ou à la palestre) datant d'environ 470 av. J.-C. et exposé au Louvre.

> *Vous trouverez la reproduction de ce lécythe p. 78.*
Le questionnaire associé à cette image se trouve p. 95.

La sculpture

Les sculpteurs antiques ont été inspirés par Œdipe et sa famille. Une urne funéraire étrusque sculptée représente la mort d'Etéocle et Polynice, les deux frères ennemis. Au XIXe siècle, le sujet passionne de nombreux artistes : A.-D. Chaudet (1763-1810) représente l'enfance d'Œdipe avec *Œdipe enfant sauvé par le berger Phorbas* (Musée du Louvre). W. H. Rinehart (1825-1874) sculpte une *Antigone versant une libation sur le cadavre de son frère Polynice* entre 1867 et 1870 (Metropolitan Museum of Art).
Au début du XXe siècle, en 1903, c'est un *Œdipe et le Sphinx* que F. Sicard choisit de réaliser en bronze sur un socle de marbre.

> *Vous trouverez la reproduction de la statue de Rinehart p. 7.*
Le questionnaire associé à cette image se trouve p. 95.

La peinture

• J.-D. Ingres (1780-1869) et G. Moreau (1826-1898) ont peint tous deux un Œdipe face au Sphinx. Mais alors que dans le tableau d'Ingres, Œdipe est triomphant, dans l'œuvre de Moreau, le Sphinx s'agrippe à Œdipe et aucun d'eux ne semble encore avoir vaincu l'autre.

> *Vous trouverez la reproduction du tableau d'Ingres en plat 3 de couverture de cet ouvrage.*
Le questionnaire associé à cette image se trouve p. 94.

• Antigone apparaît aux côtés de son père dans plusieurs tableaux parmi lesquels celui d' E. E. Hillemacher, *Œdipe* et *Antigone s'exilant* (1843), et celui de C. F. Jalabert, *Œdipe et Antigone ou la peste de Thèbes* (1842). Ces deux œuvres qui traitent du même sujet ont des points communs (ville en ruines, personnages désespérés et, au centre, Antigone guidant Œdipe).

> *Vous trouverez la reproduction du tableau de Jalabert p. 88.*
Le questionnaire associé à cette image se trouve p. 95.

Le théâtre

Il existe de nombreuses mises en scène des pièces de Sophocle (*Antigone* et *Œdipe-Roi* notamment) et de l'*Antigone* d'Anouilh.

En 2003, Nicolas Briançon monte au théâtre Marigny *Antigone* d'Anouilh avec dans les rôles de Créon et Antigone, Robert Hossein et Barbara Schultz. Le décor épuré rappelle par sa forme la disposition d'un théâtre grec. Nicolas Briançon s'est demandé ce que serait en 2003 l'image d'un pouvoir absolu ; il a choisi pour les gardes le costume-cravate, les lunettes de soleil et l'oreillette comme dans le film *Matrix* ; par ailleurs, ils ne jouent pas aux cartes mais sur un ordinateur. Créon porte une veste de coupe vaguement militaire à col Mao qui peut évoquer certains régimes.

> *Vous trouverez une photographie de cette représentation théâtrale en plat 2 de couverture.*
Le questionnaire associé à cette image se trouve p. 93.

Étudier une photographie : représentation théâtrale d'*Antigone*

Vous retrouverez la photo de la représentation théâtrale d'*Antigone* de Jean Anouilh en plat 2 de cet ouvrage.

La nature du document

1 **a.** De quel type d'image s'agit-il ?

b. De quelle pièce cette image est-elle extraite : celle de Sophocle ou celle d'Anouilh ?

c. Indiquez le lieu et la date de la représentation, le nom du metteur en scène.

2 Qui sont les deux acteurs ? Quels rôles jouent-ils ?

Le décor et les costumes

3 À quel moment de la pièce la photographie a-t-elle été prise ? Retrouvez les pages qui correspondent au passage.

4 **a.** Peut-on déterminer, à partir de cette photo, dans quel lieu précis se déroule la scène ?

b. Relevez l'adjectif qui caractérise le décor de la pièce (p. 9, didascalie). Le metteur en scène a-t-il respecté l'indication de décor fournie par l'auteur ?

5 Quelles sont les couleurs dominantes du décor et des costumes des personnages ? Quelle atmosphère le metteur en scène a-t-il voulu créer ?

6 **a.** Décrivez le costume de R. Hossein. Renvoie-t-il à l'époque de l'action ?

b. Qu'a voulu évoquer le metteur en scène en habillant ainsi le comédien ?

Les personnages et l'enjeu du passage

7 **a.** Comment les personnages sont-ils placés l'un par rapport à l'autre ? Qu'indique leur proximité ?

b. Où le regard de chacun se dirige-t-il ? Y a-t-il échange de regards ?

c. Décrivez les attitudes et les expressions des visages. Quels sentiments traduisent-elles ?

8 Quels éléments l'éclairage met-il en lumière ?

9 À partir des réponses précédentes, montrez comment le metteur en scène rend perceptible la tension entre les deux personnages.

Étudier un tableau : Ingres, *Œdipe explique l'énigme du Sphinx*

Vous retrouverez la reproduction de ce tableau en plat 3 de cet ouvrage.

Recherche documentaire

1 Qui est Jean-Dominique Ingres ? Citez trois œuvres de ce peintre.

2 Cherchez qui est le Sphinx dans la mythologie grecque.

Une peinture d'inspiration mythologique

3 Indiquez les dimensions du tableau, la date de composition, le lieu où il est conservé. Quelle est la technique utilisée ?

4 Quel moment précis de l'histoire d'Œdipe Ingres a-t-il choisi d'évoquer ? Quelle est la question posée par le Sphinx ?

5 **a.** Décrivez le Sphinx. Montrez qu'il a des caractéristiques humaines et animales. Précisez votre réponse.

b. Comment interprétez-vous la présence d'un squelette et d'un pied ?

6 À l'arrière-plan, à droite, quelle ville distingue-t-on dans la lumière ?

7 En quoi Œdipe est-il vêtu à l'antique ?

Un tableau de facture classique

8 À quels détails peut-on voir qu'Ingres a eu le souci de peindre un Œdipe réaliste ? Étudiez le modelé du corps.

9 Par où passent les grandes lignes verticales, horizontales et obliques qui structurent le tableau ? À quel niveau se rencontrent-elles ?

Un homme face à son destin

10 Comment le peintre donne-t-il l'image d'un Œdipe triomphant ? Appuyez-vous sur la place qu'il occupe, sur son attitude face au Sphinx, sur la position et le regard du Sphinx, sur le rôle de la lumière et des couleurs.

11 **a.** En quoi la composition du tableau évoque-t-elle la chute vers l'abîme ?

b. Montrez que l'ensemble du tableau comporte des indices inquiétants. Appuyez-vous sur les éléments du décor, les parties restées dans l'ombre, le personnage à droite : quel sentiment exprime-t-il ?

12 En quoi la scène du Sphinx conduit-elle Œdipe vers l'accomplissement de son destin ?

Étudier un vase, une statue et un tableau

Un vase représentant Œdipe et le Sphinx (p. 78)

1 Qu'est-ce qu'un lécythe ? À quel usage ce vase était-il destiné ?

2 Dans quel lieu ce vase est-il conservé ? De quand est-il daté ? Quelle est sa dimension ?

3 Décrivez le Sphinx. Montrez qu'il tient à la fois de l'humain et de l'animal. Paraît-il ou non effrayant ? Quel élément du décor permet le face à face entre les deux personnages ?

4 D'après la légende, d'où Œdipe vient-il ? Montrez qu'il est vêtu comme un voyageur. Comment se tient-il ?

5 Quel est le moment représenté ? Un personnage vous semble-t-il dominer l'autre ?

Une statue représentant Antigone (p. 7)

6 Dans quel musée cette sculpture se trouve-t-elle ? Qui en est l'auteur ? À quelle date a-t-elle été réalisée ? Quel est le matériau utilisé ?

7 Quel épisode de l'histoire d'Antigone le sculpteur a-t-il représenté ?

8 Décrivez la statue. Quel objet Antigone élève-t-elle au-dessus de sa tête ?

9 Comment le sculpteur cherche-t-il à imiter les statues antiques grecques ?

Un tableau représentant Œdipe et Antigone (p. 88)

10 Qui est l'auteur du tableau ? Dans quel musée est-il conservé ? Quelle est la technique utilisée ?

11 Quel moment de l'histoire d'Œdipe est ici évoqué ?

12 Dans quelle ville cette scène se déroule-t-elle ? Quels éléments distinguez-vous ?

13 Comment le tableau est-il composé ? Où Œdipe et Antigone sont-ils placés ? Comment sont-ils vêtus ?

14 Quelle est l'attitude d'Antigone envers Œdipe ? Que regarde-t-elle ?

15 Comment le peintre montre-t-il que tous rejettent Œdipe ? Pourquoi y a-t-il des corps sur le sol ?

Index des rubriques

Table des illustrations

Iconographie : Hatier Illustration
Graphisme : Mecano-Laurent Batard
Mise en page : A.M.G.
Édition : Christine Delage

Achevé d'imprimer par Black Print CPI Iberica S.L.U - Espagne
Dépôt légal 95917-2/05 - octobre 2016